U0864763

秋实卷

跟于丹老师一起读最美古诗词 ②

于丹 著

北京联合出版公司

图书在版编目（CIP）数据

跟于丹老师一起读最美古诗词. 秋实卷 / 于丹著
.—北京：北京联合出版公司，2013.4
ISBN 978-7-5502-1418-7

Ⅰ. ①跟… Ⅱ. ①于… Ⅲ. ①古典诗歌—诗歌欣赏—中国—青年读物②古典诗歌—诗歌欣赏—中国—少年读物
Ⅳ. ①I207.2-49

中国版本图书馆CIP数据核字（2013）第052983号

跟于丹老师一起读最美古诗词. 秋实卷

作　　者：于　丹
特约策划：唐建福
特约编审：文龙玉　李健秋
责任编辑：刘　凯　史　媛
审读编辑：徐向东
装帧设计：伍　霄　黄柠檬 · 樊瑶　大汉方圆
内文插图：夏吉安

北京联合出版公司出版
（北京市西城区德外大街83号楼9层　100088）
北京盛通印刷股份有限公司印刷　新华书店经销
字数：161千字　787毫米×1092毫米　1/16　印张：11.5
2013年5月第1版　2013年5月第1次印刷
ISBN 978-7-5502-1418-7
定价：29.80元

未经许可，不得以任何方式复制或抄袭本书部分或全部内容
版权所有，侵权必究
本书若有质量问题，请与本公司图书销售中心联系调换。电话：010-82069000

◆ 序 ◆

姥姥的私塾

我是一个爱做梦的人。从小到大，夜夜多梦，彩色，逼真。所谓一夜无梦到天明对我真成了奢侈的事。在所有梦里，有两个梦是不断重复的，从中学时代到现在，在三十年间屡屡回来。一个最恐惧的梦就是考数学，我常常在梦里对着面目模糊的数学老师哭着说："我记得我考上中文系了……"一个最欢喜的梦就是看见姥姥，姥姥穿着偏襟大褂，鞋干袜净，笑意盈盈地坐在床边，叫着我的小名，说上学去吧，回来时姥姥还在家等着你……

做完那个恐惧的梦，醒来是侥幸的；做完那个欢喜的梦，醒来是悲伤的。恍兮惚兮，姥姥，那个画面是你留在我十五年生命中最后的音容。

十五岁那个初夏，我初中三年级期末考试第一天，八十岁的姥姥胃里的肿瘤在前一夜破裂了，她呕出了一搪瓷缸子的鲜血，自己悄悄地藏起来，从凌晨就坐在床头，整齐干净地挨着时光，等待我醒来去上学。

"毛毛，"姥姥叫着我的小名，递过来两个橘子，"乖乖上学去吧，别惦记姥姥，好好考试，放学回家，姥姥还在这儿等你。"

我浑然不觉地跟姥姥再见，去了考场。中午回家，姥姥不在床边，妈妈说姥姥进医院了，问题不大，嘱咐我好好考完再去看她。

初三的考试时间拉得很长。在一个星期的时间里，我怎么央求大人，不管哭还是闹，他们就是不带我去看姥姥。直到全部考完，我奔跑回家，看见堂屋里妈妈和舅舅都在等我，他们脸上的神色把我吓住了，空气里只有毫无顾忌的蝉鸣，一声一声地打碎紧绷的安静，我小心翼翼地问："我姥姥……我姥姥怎么样了？"

姐弟俩艰难地交换了一下眼色，动了动嘴唇，我记不清他俩是谁说了一句："毛毛，你是大孩子了，要冷静……"轰的一下，我的耳朵里连蝉鸣都听不见了。

姥姥去世了，几天前就去世了。她入院抢救时，医生已经回天无力，姥姥迅速脱形，瘦得不到八十斤，单单薄薄地躺在被单下，全身插满了管子。医生嘱咐把家里老人最喜欢的孩子叫来让老人看一眼，姥姥跟妈妈和舅舅说："孩子正考试，我不见这最后一面了，就让孩子记住姥姥坐在家里送她上学的样子吧，我不想让孩子看见我现在的样子，她以后想起姥姥，会难受的。"

我一言九鼎的姥姥，我那不到四十岁就守寡拉扯大儿女的姥姥，妈妈和舅舅怎么敢违逆她一点意愿呢。就这样，姥姥平生第一次对我失约，我考完试回家，姥姥没有扯着甜蜜的长声叫："毛毛啊，过来让姥姥看看……"

十五岁那个夏天，那个早晨，那个今生今世与姥姥离别的瞬间，就这样，一次一次回到我的梦里，清晰鲜亮，一伸手，就触摸到姥姥手指的暖和橘皮的凉。

我出生的时候也是一个夏天，据说妈妈从妇产医院带我回家的时候还不会抱孩子，用一方藕荷色的纱巾兜着我，叼着两个角，拎着两个角，把一个七斤半的大胖丫头放在姥姥的手上。从那一天起，我几乎从没有离开过姥姥。爸爸、妈妈、舅舅都下放了，而我在府右街九号的那个四合院里，跟着我的姥姥，走过整个童年。

我生命中最早的诗意，与那个院子相关，即使它在这个世界上无影无踪了，也还是固执地把青砖灰瓦和红艳艳的石榴花留在我的梦境里。一闭眼，我就会看见它，甚至比我此刻身处其中的家还要清晰。

海棠飞花时节，满地都是扑簌而下的浅粉色碎花瓣儿，穿着月白色偏襟大褂和黑府绸裤子的姥姥，用大蒲扇替我拍打着蚊子，教我背“无可奈何花落去，似曾相识燕归来。小园香径独徘徊……”

小园香径，一侧长着大枣树和挂满榆钱儿的大榆树；另一侧是海棠，还有飘着芬芳的香椿。姥姥在一溜北房下排开几盆硕大的石榴树，那些鲜红烂漫的石榴花瓣儿撒下来，落在一种白天开小粉花的植物上，到夜里，细碎的小花瓣儿乖乖合上，姥姥说它的名字就叫明开夜合。

小园香径，那里不是我少女时的徘徊，而是我幼年时的蹒跚学步，我稚嫩的诗意明开夜合，就驻守在这个院落里。

院子的对面就是中南海的高高红墙，“文革”时半夜里经常锣鼓喧天，喇叭齐鸣，不是迎接最新指示，就是批斗游行。姥姥总是把院门用木插销横着别住，不敢让我上幼儿园，也不敢让我出去玩儿，我跳的皮筋永远是一头拴在枣树上，另一头拴在香椿树上。我进屋吃饭的时候，皮筋就兀自寂寞，在风里一颤一颤地微微跳动。

而寂寞，恰恰是诗意的老家。有谁见过真正的诗意是从纷纷攘攘的喧嚣中飘散出来的呢？热闹拥挤之间，诗意舒展不开薄如蝉翼的翅膀。

幸亏姥姥在院子里种了那么多花，密密匝匝跌宕下来，林木扶摇。相比于明开夜合这种精致的小花小草，我从小更爱海棠树上木本的花枝。小小的我拘束在家里，可是高高的花枝探出了院墙，我随着那一树蓬勃峥嵘把目光探望出去，岁岁春来，飞花逐梦。大概八岁，忘了从哪本诗集里读到李商隐的《天涯》：

春日在天涯，无涯日又斜。
莺啼如有泪，为湿最高花。

寥寥二十个字的一首绝句，我似懂非懂的，心里空落落地就难受起来，忽忽悠悠，无处安置。那时候还不懂相思，但是懂得别离，因为妈妈不在身边；那时候也不明白天涯，但是知道远方，因为爸爸就在远方。一个那么喧哗又那么寂寥的时代里，玉谿生让我遇见了诗意的多情，让我第一次体会到：辗转于伤情，也是可以沉湎的事。

从此，我爱了李商隐的伤，上了李商隐的瘾。读着他的悼亡诗，根本不知道背景，字面极浅，用意极深。

荷叶生时春恨生，荷叶枯时秋恨成。
深知身在情长在，怅望江头江水声。

小小的我无端就含着泪，想不明白一个人的生命究竟可以有多少深情，随着四季荣枯，死而后已。

最是一篇《锦瑟》解人难。我还记得那个冬天，我穿着紫红色灯芯绒小棉袄，举着这首绝美也是绝难的诗问姥姥，姥姥拆开一张暗灰色的烟盒纸，用齐整整的小楷抄下来，从右到左，竖行排列。究竟是庄生一霎迷了蝴蝶梦幻，还是蝴蝶翩飞化成了庄周？究竟是子规啼血含情带恨，还是遍山杜鹃染就了嫣红的不甘？沧海深处，鲛人珠泪熠熠生辉；晴空暖日，蓝田软玉袅袅生烟……姥姥似乎没给我讲明白太多典故，她只是纵容着我不知所起的深情与感伤，迷恋只是迷恋而已，甚至与懂得无关。

更不必说那千古之前的昨夜星辰昨夜风，那清晰一瞬的月斜楼上五更钟，那春蚕的丝，与蜡炬的泪，怎么也织不完，怎么也流不干。在故事的踪迹里逡巡，探问着“贾氏窥帘韩掾少，宓妃留枕魏王才”；在天心的明灭中凝神，揣摩着“嫦娥应悔偷灵药，碧海青天夜夜心”。“春心莫共花争发，一寸相思一寸灰”“直道相思了无益，未妨惆怅是清狂”，这样的决绝无悔，不计一切的任性，纵使不懂，也深深地影响了我的一生。

直到有一天，妈妈单位的领导，一位姓张的叔叔，到家里来，和蔼地摸着我的刷子辫问：“听说毛毛跟着姥姥读过不少诗啊？最喜欢谁的呢？”

我如同鬼使神差一般，答：“李商隐。”

张叔叔的笑容瞬时收了，脸色沉郁得一如眼镜上宽宽的黑框，道：“这可不健康啊！小小年纪的孩子，为什么不喜欢李白、杜甫呢？”

我求助般地看着姥姥，姥姥站在一边，神情洒落安宁，不接话，也不分辩，尽管她教我背的李白、杜甫的诗比李商隐的诗多得多。

似乎就是从那一天起，我明白了读诗爱诗只是自己的事情，泪水是自己的，笑容也是自己的，用不着争辩，用不着证明，诗中本也没有那么多后人附会的是与非。

在十来岁的年纪上，我剑走偏锋地排斥所有的现实主义，对中国诗词全部的趣味都倾注在了浪漫无极的飞扬上。所以我深爱的李太白，是那个“长剑一杯酒，男儿方寸心”的侠客，是那个“我且为君捶碎黄鹤楼，君亦为吾倒却鹦鹉洲”的狂生，是那个“感君恩重许君命，泰山一掷轻鸿毛”的义士，更是那个“且就洞庭赊月色，将船买酒白云边”的谪仙。也许因为我家院子之外的世界是一片绿军装蓝制服，不是捍卫红色江山，就是清算反革命的变天账，所以我才任由一颗懵懂的少年心无限迷恋着李太白，跟着他去梦见“青冥浩荡不见底，日月照耀金银台。霓为衣兮风为马，云之君兮纷纷而来下”，也追随他走向庐山：“登高壮观天地间，大江茫茫去不还。黄云万里动风色，白波九道流雪山。”神往着他的“兴酣落笔摇五岳，诗成啸傲凌沧州”，赞许着他的“人生飘忽百年内，且须酣畅万古情”……光阴走过流水，春秋轮回古今，那些弃我而去的昨日之日终究没有留下，那些乱我心者的今日之日随着成长纷至沓来。如果，我的生命中不曾有一种庞大甚至偏激的力量叫作李太白，那么，面对长大的寥落与烦恼，我又怎能天真透彻地昂首：“举杯邀明月，对影成三人”？

生长在北京的孩子，从小的遗憾是缺失故乡鲜明的风物，而诗词，恰恰成为我的乡土。

我的姥姥，用她那一座繁花锦绣的院落做成私塾，攒一把流光从诗意中穿过。她确乎没有给我讲过太多的训诂典实，她所做过的最好的事，就是纵容了我对诗意的盲目沉迷，从来也没有用标准答案的是非破坏过我对这份原始信仰的热情。

那座飞花逐梦的院子拆了，院子里种花讲诗的姥姥也走了，可是诗意流淌在我的血管中。年华渐长，我凭着诗意的本能，在人群中清晰辨认出自己——一个在乡土中念过私塾的孩子。

多年以后，一个暮春的下午，我坐在自己家的楼梯上，摇晃着小小的女儿，听她嫩生生地说着些没有逻辑的话，新买的一张周杰伦的唱片音循流转，唱到方文山新写的歌《青花瓷》：

“天青色等烟雨，而我在等你，炊烟袅袅升起，隔江千万里，在瓶底书汉隶仿前朝的飘逸，就当我为遇见你伏笔……”

那一瞬间，我懵懂泪下，宛如遇见“莺啼如有泪，为湿最高花”的那个时刻。

中年心事浓如酒，少女情怀总是诗。冥冥之中，总有一些等待，在不期然的拐角处，猛烈而单纯地撞上来。而所有的前尘往事里，都埋着隐约的伏笔。

我与姥姥，继续着梦中的相见。生命中所有预设的伏笔，在未来的时光中，渐次清晰，以诗歌的名义。

目录

伍 ● 心中的田园

陆 ● 人生的山水

柒 ● 千古剑侠梦

捌 ● 诗酒相伴的年华

心中的田园

田园不是一个地方，田园只是一种状态。田园不独属于陶渊明，也同样属于李白、杜甫、辛弃疾。每个人生命里面都有那样一段惶急心情需要托付，托付给土地田园的时候，我们才会露出一种会心的微笑。不管多么匆忙，不管如何胸怀壮志，不失去田园，我们才可能充电。有归属的人才有可能走得更远。

◆ 引子 ◆

田园是一种状态

田园是一个说出来就让人觉得安静的词，田园诗也是中国诗歌流派里面一个很大的派别。追本溯源，田园到底在哪儿呢？田园不是世外桃源，不是远离生活的仙境，它是让我们能够感到温暖的归属。田园甚至也不是一个地方，它只是一种状态、一段心情。

终日昏昏醉梦间，忽闻春尽强登山。

因过竹院逢僧话，又得浮生半日闲。

每至夜阑人静，幼时学过的《题鹤林寺僧舍》诗句便会浮出来。诗中的田园生活是一种祈祷，这种祈祷从古至今一直回荡在我们心里。

在今天繁忙的都市生活中，谁不向往田园？

中国诗歌里的田园，是我们的生命从喧哗走向宁静的一次诗意回归。从传统思想上来讲，儒家一直主张“达则兼济天下，穷则独善其身”。在某种意义上，中国所有的诗人只不过是失了意的政客，而所有的政客只不过是得了志的诗人。人生这条独木桥，一端是“学而优则仕”，一端是“安贫乐道”。当一端的人不能够“兼济天下”的时候，另一端的人真的能够做到“君子固穷”吗？这是一件多么难的事情。

他们需要一个地方，这个地方就叫作田园。

儒家“独善其身”的思想和老庄“道法自然”的思想结合起来，塑造了中国文人血脉中的文化基因——隐逸的文化。但隐逸，并不意味着必须到辽阔的山林中，更可能、更可行的，是选择浅近、简约的农村田园生活。从东晋开始，陶渊明逐渐地完善了这种隐逸的文化，在中国诗歌中赋予了“田园”这个词以诗意。寻找田园，我们要从陶渊明讲起。

◆ 诗歌详注 ◆

[东晋]陶渊明《连雨独饮》

运生会归尽，终古谓之然。[1]
世间有松乔，于今定何间？[2]
故老赠余酒，乃言饮得仙。[3]
试酌百情远，重觞忽忘天。[4]
天岂去此哉，任真无所先。[5]
云鹤有奇翼，八表须臾还。[6]
自我抱兹独，僶俛四十年。[7]
形骸久已化，心在复何言！[8]

[1] 运生会归尽，终古谓之然：自古以来人们都说有生必有死。

[2] 世间有松乔，于今定何间：那些传说中的神仙如今究竟在哪里呢？松乔：赤松子和王子乔，传说中的神仙。定：究竟。陶渊明不相信有神仙，不相信人可以长生。

[3] 故老赠余酒，乃言饮得仙：老人家送给我酒喝，说喝了酒就会成仙。

[4] 试酌百情远，重（chóng）觞忽忘天：才试着喝了一点，种种思虑烦恼都离我而去了，再喝一壶之后便物我两忘。觞（shāng）：一种盛酒的器皿。忘天：《庄子》里的话，形容一种特殊的精神状态。

[5] 天岂去此哉，任真无所先：虽然因为喝酒而俗虑尽消，物我两忘，其实俗虑与天地万物并不曾真的消失了，只是我采取了一种听任自然的态度，不再去想到底是这件事重要还是那件事重要了，一切都不强求，顺其自然。

[6] 云鹤有奇翼，八表须臾还：仙鹤有一双奇妙的翅膀，飞到再远的地方也能立即返回。八表：八方之外，指极远的地方。这是神仙家的说法，陶渊明并不相信，所以接下来会说自己并不想修仙。

[7] 自我抱兹独，僶俛四十年：自从我降生人间，辛辛苦苦地已经过了四十年。

法天贵真，琴书消忧

一个人从小到大，会从一个自然个体逐渐成为一个社会人，然后建功立业，实现自我价值。但是实现自我价值是终极目标吗？社会角色的成功是实现自我价值的标准吗？比实现自我价值更高的是超越，而超越有时候体现为“归来”。

世间万物，包括我们的生命历程，其实都在循环往复之中。一个生命有弹性的人，能够懂得把握的人，知道适可而止，知道自己的归途还在。

陶渊明的“归来”回到了哪里呢？他回到了人的天性，那就是自我。他回到了他的田园，那就是自然。一个自我，一个自然，内在与外在真正融合成一份自在，完成了社会角色的穿越，而真正抵达了心灵的自由。

试酌百情远，重觞忽忘天。
天岂去此哉，任真无所先。

这是陶渊明《连雨独饮》中说过的一种

状态。

“任真”二字指的是一个人内心的率真性情，天性本真的流露。今天的人上一点年纪就会觉得天真是一种不成熟，其实不然，天真不等于幼稚。天真是那种历经沧桑磨洗不掉的至真至纯的性情。在中国文化中，万物有性，所谓“人性”，是纯粹率真的永不泯灭。

一个人要怎么样才能保持自己内心的天真呢？

《庄子》中“法天贵真”说得好：取法于天的是什么？是人在行为上效法自然，不过多地束缚自己，不太多地压抑自己。在《归去来兮辞》里，陶渊明召唤自己远远地离开社会角色的实现，渐渐地回到天性本真。我们提起田园诗，总会说它的景色写得多么浅淡，它的词句白描般的优美，它的风光让我们赏心悦目。其实这一切还不是它最宝贵的。抱朴含真才是田园诗真正的核心价值。人怎么样才能够欣赏真正的自然，能够不矫情，不做作，不雕琢，不违心，真正学会与自然相处，取决于他心里

黾俛（mǐnmiǎn）：勤奋，努力。

[8] 形骸久已化，心在复何言：这是《庄子》的意思，是说身体虽然在岁月中不断改变，但心总是宁静不变的。

◆ 知识点 ◆

这首诗是陶渊明最重要的几首名篇之一，历代人们都很欣赏诗中标榜的“任真”二字。这两个字指的是一个人内心的率真性情，天性本真的流露。一切顺其自然，逍遥自适，这是何等的精神境界。很多人都想学陶渊明，都想做到任真，但真正能做到的人从来都是少之又少。这到底是为什么呢，难道顺应我们自己的天性做事就真的那么难吗？——顺应天性做事其实不难，违背天性做事才会难上加难，但问题是，陶渊明的这种“任真”态度名义上是顺应天性的，其实却是违背天性的，所以大家才做不到。

试想一下，如果所有人都与世无争，逍遥自适的话，人类这个物种就不可能在残酷的自然竞争中存活下来。而一个人如果真的顺应天性，一任天真的话，一定希望自己能吃得更好，住得更好，社会地位更高，绝对不会满足于粗茶淡饭。如果想满足于粗茶淡饭的话，一个人非但不该顺应天性，反而应该违逆天性，通过艰苦的修炼来改变自己的心态和耐受力。

但古人毕竟没有现代人这样的认识，他们的“任真”观念是建立在性善论的基础上，认为人的天性正如鹪鹩巢林不过一枝，鼹鼠饮河不过满腹，那些对虚荣、奢侈的追求都是来自污浊世界对纯洁心灵的污染。

的一份天之本真。

陶渊明的《归去来兮辞》中说："既自以心为形役，奚惆怅而独悲！""心"与"形"是两个存在，"心"是自我，"形"是需要名与利的外人外物，"心"一旦做了"形"的仆人，自我便被外人外物所奴役，这件事情还不让人失落，还不令人悲伤吗？

"悟已往之不谏，知来者之可追"，好在过去的事情虽然不可挽回，但未来的日子还可以由我个人掌握，那就放开自己的心，勇敢地归来吧。"实迷途其未远，觉今是而昨非。"迷失不久，还有年华回得来，过去做错了，现在做对了，那就坚持下去吧。在诗人归乡的路上，一路上的好风吹着他，他觉得衣袂飘飘，心意飘飘，不断地问划船的人离他们家还有多远——"舟遥遥以轻飏△，风飘飘而吹衣。问征夫以前路，恨晨光之熹微。"这条归来的路，他难道不认识吗？他为什么要一遍一遍地追问别人呢？这份惶惶然的喜悦只是因为心情实在太迫切。

在朦朦胧胧亮起来的天色里，他看见了自家房屋依稀的轮廓："乃瞻衡宇，载欣载奔。僮仆欢迎，稚子候门。"忍不住下了船撒腿就跑，远远地看见家里的人都出来迎接他，孩子蹦蹦跳跳地扑上来喊着爸爸。拉着孩了们走进院子一看，"三径就荒，松菊犹存。携幼入室，有酒盈樽。"陶渊明归来的这个时刻，什么时候读起来，都让人特别感动。一个人回到久违的家，觉得院子好久没收拾了，有很多花花草草都已经颓败了，好在耐寒的松树、菊花都还活着，带着孩子进了堂屋，暖暖的一壶酒在桌上等着，这个有点酸有点甜的时刻就叫作"归来"。

陶渊明的了不起，就在于他能用最平白浅易的笔触去写我们都曾经经历，但是在心而不能在口的一种感受。回来久了的日子会觉得平淡吗？而平淡恰恰就是

△ 飏（yáng）：飞扬、飘扬。

他喜欢的常态。“引壶觞以自酌，眄[△]庭柯以怡颜。倚南窗以寄傲，审容膝之易安。”他能够斟着这点小酒，远远地看着院子里那些花花草草，就很高兴了。他家小窗子底下足以寄托他这一身傲骨，虽然地方不大，仅能容膝，但是心已经足够安顿。

最好的家是人可以把心安顿下来的地方，所以陶渊明就宅在他的家里面，甚至不愿意出门。“园日涉以成趣，门虽设而常关。”小院里面溜达溜达，日子挺好，虽有大门但经常关着，因为他用不着出去寻觅，而对于一个好清净的人来说，也很少有外人上门打扰。

“策扶老以流憩，时矫首而遐观。”拄着拐杖走一走，经常眺望远方。他看的是“云无心以出岫，鸟倦飞而知还。景翳翳以将入，抚孤松而盘桓”。看云在天心的那份自在，看倦鸟还巢的那份温馨，抚摸着孤松，一个人流连忘返。所以他就一次一次对自己说：“归去来兮。请息交以绝游。世与我而相遗，复驾言兮焉求？”既然这个世道，人人都汲汲于功名，跟自己做人的观念不符，那么不如关上通往世道的柴门。“悦亲戚之情话，乐琴书以消忧。”陶渊明并不冷漠，也不是一个愤世嫉俗的人，他回来有他一份浅淡温暖的乐趣。他爱亲戚情话的温馨，喜欢有朋友能跟他聊天，即使没有这些人的时候，还可以琴书消忧。“琴到无人听时工”，中国人的这张寂寂七弦琴不是用来演奏给别人听的，无人打扰时，唯有自己沉浸在静谧的琴中，把自己的心放在琴弦之上，才有一份托付，这就叫作琴书消忧。

陶渊明更了不起的是他还愿意干活。“农人告余以春及，将有事于西畴。”该春耕就去春耕，该秋收就去秋收。“或命巾车，或棹孤舟。既窈窕以寻壑，亦崎岖而经丘。”在闲下来的时候，他还可以去周围的山川，看一看那些自然的风物。“木欣欣以向荣，泉涓涓而始流。善万物之得时，感吾

△ 眄（miǎn）：斜视。

生之行休。”他看到欣欣向荣的草木，看到涓涓流淌的清泉，天地万物随着时令季节而生息荣衰，都在自己的秩序之中，就算自我的生命流淌了、衰老了、走远了，又有什么关系。陶渊明没有那么多的惶惑，他从来不觉得日月过于匆忙，催人老去，带走了他的活力。他觉得自己“纵浪大化中，不喜亦不惧”。就在每一天日子之中，他会像自己内心希望的那样去安顿自己的旦暮晨昏。

“已矣乎！寓形宇内复几时，曷不委心任去留？”人的身体在这个天地宇宙之间能待多久，就这么短的时间他还用得着违心吗？他还用得着勉强吗？他还用得着让自己的生命有那么多的为难、坎坷吗？“胡为乎遑遑欲何之？”为什么还要急急忙忙、跑东跑西实际上不知道自己真正在干什么呢？人真是观念的动物，我们的行为方式有这么大的差别，说到底是我们的思维方式差别太大。因为每个人的志向不同，愿望不同，而一个人的价值和心愿会驱动他去过那种他真正想要的日子。

“富贵非吾愿，帝乡不可期。”这里的“帝乡”是指仙界，人在那儿长生不老当神仙。古时的人无非在求两件事，第一求富贵，第二求长生。这两个心愿我们今天也有，我们此刻能够过得更富足一点，这叫好；我们富足的日子过得更长久，那就更好。但是这两样东西，都不是陶渊明想要的。我们看见富贵的时候，钱财来了，它一定会拿走你生命里的另外一些东西。比如说你要失去悠闲，甚至要丧失一些尊严；你要对一些人去赔笑，甚至要做一些违心的事情，才能换来这点富贵。而陶渊明之所以成为陶渊明，是因为只有他为了不失去宁可不得到，因为失去的是人生命的本真。不是陶渊明不想要富贵，而是他不想用自我与富贵做交易，不想用一个面目全非的自我去换五斗米的富贵。我们都想得到，但我们很少看见失去。人人想长生，想成仙，陶渊明却早看得明白，“帝乡不可期”。真有仙境吗？我们今生可以羽化成仙吗？他认为这件事达不到，所以他就不抱虚幻期待。

两个愿望都没有了，剩下的是什么呢？“怀良辰以孤往，或植杖而耘耔。登东皋以舒啸，临清流而赋诗。聊乘化以归尽，乐夫天命复奚疑！”这是陶渊明的日子，“良辰孤往”，独自欣赏美好的时光与风景；“植杖耘耔”，把手杖放下拿起锄头农具，耕作田地；“聊乘化以归尽”，顺其自然地过完自己的一生，乐天命，不怀疑。生命本该如此，那些山间长啸或者清流边写诗的日子，难道不是生命中最好的时光吗？

◆ 延伸阅读 ◆

东晋 · 陶渊明《归去来兮辞》

归去来兮！田园将芜胡不归？既自以心为形役，奚惆怅而独悲！悟已往之不谏，知来者之可追。实迷途其未远，觉今是而昨非。　舟遥遥以轻飏，风飘飘而吹衣。问征夫以前路，恨晨光之熹微。　乃瞻衡宇，载欣载奔。僮仆欢迎，稚子候门。三径就荒，松菊犹存。携幼入室，有酒盈樽。引壶觞以自酌，眄庭柯以怡颜。倚南窗以寄傲，审容膝之易安。园日涉以成趣，门虽设而常关。策扶老以流憩，时矫首而遐观。云无心以出岫，鸟倦飞而知还。景翳翳以将入，抚孤松而盘桓。　归去来兮。请息交以绝游。世与我而相遗，复驾言兮焉求？悦亲戚之情话，乐琴书以消忧。农人告余以春及，将有事于西畴。或命巾车，或棹孤舟。既窈窕以寻壑，亦崎岖而经丘。木欣欣以向荣，泉涓涓而始流。善万物之得时，感吾生之行休。　已矣乎！寓形宇内复几时，曷不委心任去留？胡为乎遑遑欲何之？富贵非吾愿，帝乡不可期。怀良辰以孤往，或植杖而耘耔。登东皋以舒啸，临清流而赋诗。聊乘化以归尽，乐夫天命复奚疑！

守拙才能归园田

陶渊明归来的是什么地方？

“田”和“园”这两个汉字写得挺有意思，都是有边框的。归田是什么呢？就是回到了自己有边界的生活中。人年轻的时候希望生活没有边界，希望辽阔，希望一次次在山巅水涯中风流飞扬，志得意满。但是边界之内有一份可以把握的朴素温暖，这要走远之后回头看，才会看得明白。

陶渊明真正回来之后，在他的第一首《归园田居》里面说：“少无适俗韵，性本爱丘山。误落尘网中，一去三十年。”陶渊明的本性就是爱自然山水，要想适应当时的官场社会对他来讲挺为难的。但是人都在社会化的路上，“误落尘网中”。什么叫误落？这两个字挺有意思，因为一个人长大要上学，要读书，要接受价值观，要去建功立业。在这个过程中，我们已经走得太远，会忘记了为什么而出发，那个时候我们就会恍然觉得失去了什么。陶渊明认为，他是错误地掉进了深深的尘世大网中。而他说“一去三十年”，你要说陶渊明当了三十年的官，那就太抬举这位散仙了。有

诗歌详注

[东晋]陶渊明《归园田居五首》（其一）[1]

少无适俗韵[2]，性本爱丘山。
误落尘网中，一去三十年。
羁鸟恋旧林，池鱼思故渊。
开荒南野际，守拙归园田。
方宅十余亩，草屋八九间。
榆柳荫后檐，桃李罗堂前。
暧暧远人村，依依墟里烟。[3]
狗吠深巷中，鸡鸣桑树颠。
户庭无尘杂，虚室[4]有余闲。
久在樊笼里，复得返自然。

[1] 园田居：陶渊明老家的宅子。“归园田居”是指回到园田居这个地方，而不是回到园子里过田居生活。

[2] 韵：气韵，性格。

[3] 暧暧（ài）：昏暗，模糊。墟里：村落。

[4] 虚室：这个词是《庄子》里的，一语双关，既指陈设简单的居室，也指空明的心地。

知识点

陶渊明辞官回家，过起了躬耕自给的生活，写下了《归园田居》五首，这一首是其中的第一首。陶渊明把追求功名利禄的生活看作“尘网”“樊笼”，认为这样的生活束缚了人的天性，至少是束缚了他自己的天性。他觉得自己的天性就是喜欢寄情于山水之间的悠然自得，最是受不得拘束，更受不得为五斗米折腰的屈辱，所以索性辞官回家了。

陶渊明之所以被后人大力推崇，是因为他的这些困扰是很有普遍性的，而受过

同样困扰的人都认为陶渊明把这些困扰解决得最好。

人生在世，一生下来就是落在尘网和樊笼里，由不得自己，你的价值观很大程度上都是被家庭教育和社会风气塑造成形的，而对这些价值观，绝大多数人一辈子都没有反思意识。我们觉得一个人当然就应该建功立业，当然就应该为社会做贡献，觉得爱当然应该是无私的，觉得一个人必须结婚生子，觉得对皇帝就应该尽忠，对上级长官理所当然应该跪拜……我们有无数被我们当作天经地义的价值观，但一旦产生反思意识，就会怀疑某些价值观是否真的站得住脚，比如，一个人真的必须建功立业吗？自得其乐地过日子不也很好吗？一个人一定要迎合社会上的主流标准吗？如果自己的天性和社会的主流标准不相容，为什么该让步的就一定是自己的天性呢？

陶渊明经过反思，发现自己竟然已经向社会标准屈就了那么多年，终于忍无可忍了，于是决定回归自我。回归自我、顺应天性、与世无争的生活，真的就可以无忧无虑吗？当然也不是，《归园田居》的第二首里就说“常恐霜霰至，零落同草莽”，种田已经投入了很多劳动，这时候就很担心恶劣的气候会毁了收成。对于种田的人来说，这种忧虑再自然不过，即便以今天的条件，还经常会出现自然灾害导致颗粒无收的结果，更何况陶渊明的小农经济呢？但他想得开，收成不好了，家里揭不开锅了，就找朋友借贷，总还能借得到；五个儿子个个都不成器，那就听天由命好了。人要是能这样豁达，生活就会轻松很多，所以很多人都想学陶渊明，可惜

一种说法，认为“三十年”应该是“十三年”才对。但我认为，他说的三十年，是说世俗的日子。那样的世俗纷纭里也许他并没做官，只是有些交游，但是他认为那过的也不是自己想象的生活，所以还是执意要回来。

“羁鸟恋旧林，池鱼思故渊。”去看看所有生物的本性是什么？被关着的小鸟，它一定想念当年自由的山林；在池塘里面养着的游鱼，一定梦想回到宽敞的深渊，这就是本性。人都会在局限的、规矩的、束缚的、狭小的环境中怀念天性本真的自由与尊严。陶渊明就这样回来了，“开荒南野际，守拙归园田。”在自家南边找一片荒野，开开荒种点地，回到农耕文明朴素的幸福中。

“守拙”，这个“拙”字向来是和“巧”字对应的。我们都希望一个小孩子是聪明的，是灵巧的，为什么陶渊明要“守拙”呢？有的时候，笨拙是一个人向这个世界发表的宣言——我不要那么聪明，那么耍心眼用心机，而陶渊明的宣言更透彻、更勇敢。他说的是“守拙”。当别人都在追逐聪明的时候，他不仅是“拙”的，而且他能守得住。一个人愿意“守拙”可不容易，别人会劝你失守，要想守得住，那要有定力。陶渊明正是因为守得住那份朴拙性情，所以他归得来一方自由田园。

“方宅十余亩，草屋八九间。榆柳荫后檐，桃李罗堂前。”看看陶渊明的这一片园子，虽然简陋，但是有趣味，榆树、柳树遮住草屋背面的屋檐，桃花、李花浓艳芬芳，盛开在自己的堂前。这点小风景，足以让今天的都市人心动。今天我们拥有了更多铺着地板或者瓷砖的地方，却失去了泥土，失去了植物；我们有了自己可以吃饭、喝茶、或坐或躺的地方，但是我们失去了闲庭信步，不再能够去看“云无心以出岫，鸟倦飞而知还”。

陶渊明的田园，放眼望去，“暧暧远人村，依依墟里烟。狗吠深巷中，鸡鸣桑树颠。”模模糊糊似乎看见远远的那些村落，那些村落各自守着他们自己的生活。远村的人们生火做饭，炊烟袅袅，这是一种有人气的日子，而不是荒园。就是有这样的鸡犬相闻，你才会觉得这是人间。真正的桃花源，它不在世外，只在人心肃静的一念之间。我们现在总想着脱离这个恼人的尘世，但是在物理空间中，你又能走到多远？

我之所以特别喜欢田园这个意象，是因为田园就在人间，就是我们的一种状态。

“户庭无尘杂，虚室有余闲。”房子虽然小，虽然很简陋，但是他打扫得干干净净、利利索索。桌子上没有尘土，人的心上也没有尘

这太难，学到位的人不多。

人们之所以很难学到位，还有一个很要紧的缘故：就算是你打定主意要跳出尘网，摆脱樊笼，尘网和樊笼也未必就放得过你。一个人毕竟不可能真正做到与世隔绝，而你放弃的社会资源越多，抗风险、抗打击的能力就越弱。酷吏的欺压，朝廷的重税，这都不是草民百姓可以抵挡一二的。陶渊明毕竟和普通农民不同，想借钱的时候多少还能借得到，官场上的朋友和仰慕者也时而会周济他，关怀他，否则的话，在当时的社会，连世代务农的专业农民都仅仅能够苟活，以陶渊明业余爱好者水平的种田技术真的能养活一大家人吗？

埃。他无尘无杂。而他有什么呢？他有闲趣闲心。

“虚室”这两个字说得也好。我们今天要是买了房子，先想的是装修，装修好了想着添置家具，总是希望把空屋子装满。但房子不是仓库，我们买座房子就是为了装东西的吗？那是为了安放身边亲人和自己这颗心的。别让人伺候了物，而应该让人在自己的家中能够有一份舒舒服服的安闲。

“久在樊笼里，复得返自然。”一个人在笼子里面待的时间长了，忽然回到自由自在的状态，这份感动今天还能体会吗？我们有时候回了家也还有烦恼，还是不能把心放下，那是我们还没有真的归来。陶渊明的归来，是他经历了很长一段时期很痛苦、很疲惫的求索才决定的。因为他要养家小，他有过“聊欲弦歌，以为三径之资”，他也有过想要建功立业的“猛志固常在”，长期纠结之后，他终于找到了与生俱来存在心里的那份天真，那个自我。当他触摸到一个真自我的时候，他就看见了“桃李桑树，茅檐鸡犬”。这一切本来就在，是他的内心的归属。陶渊明的诗里，永远都有那些淳厚清雅的人生况味，有他自己的一颗心。

陶渊明恬淡旷远的襟怀，孤傲高洁的品格，贯穿他生命的始终。也许只有在那种很恬静、很闲适的生活里，人的心才能真正安宁祥和下来。这个闲不是无所事事，而是朴朴素素，真是要去耕田，要去养家。

陶渊明和别的文人有很大的一点不同，别的文人写的田园诗是把别人的劳作当作风景，而陶渊明是一个真正扛着锄头劳作的人。他认为“人生归有道，衣食固其端。孰是都不营，而以求自安！”这不是天下最朴素的道理吗？人最根本的，就是衣食，再怎么去追求天地大道，能不吃不穿吗？如果全家生计都不能安顿的话，还追求什么？他写这首诗的时候是九月，他收完庄稼回来，觉得人怎么能不干活呢？所以他说“衣食当须纪，力耕不吾欺”，人好好地种田，苍天不会欺负你，必定有收获。

有的时候，世界上最朴素的道理是最容易被人忽略的。陶渊明的归来是真归来，所以苏东坡那么推崇他，说当时的魏晋风气，人人都标榜清高，人人都说不要那些名利，但陶渊明这个人要养家的时候就出去做官，真正归来的时候又不矜夸。苏东坡说，陶渊明的不要是真的不要。

看看陶渊明写他耕作的生活，“力耕不吾欺”，好好干活，老天爷总该让自己有所收获吧。但是他也真不会干活。“种豆南山下，草盛豆苗稀。晨兴理荒秽，带月荷锄归。”种个田吧，结果杂草比豆苗还多，还弄得夙兴夜寐，大清早的就去拾掇田里的杂草，披星戴月了才扛着锄头回来。

陶渊明不是一个好农民，搭上自己所有的辛苦，结果就种了个“草盛豆苗稀”。但是他失败吗？他是一个经营人生罕见的大成功者。因为他说：“道狭草木长，夕露沾我衣。衣沾不足惜，但使愿无违。”他不光干活干得这么累，回来的路上也很辛苦，两边杂草丛生，露水都沾在他的身上，但这一切都不足以让他惋惜。只要不违背自己的心愿，他就能活出一片自我的真天地。陶渊明还不成功吗？

◆ 延伸阅读 ◆

东晋 · 陶渊明《庚戌岁九月中于西田获早稻一首》

人生归有道，衣食固其端。
孰是都不营，而以求自安！
开春理常业，岁功聊可观。
晨出肆微勤，日入负禾还。
山中饶霜露，风气亦先寒。
田家岂不苦？弗获辞此难。
四体诚乃疲，庶无异患干。
盥濯息檐下，斗酒散襟颜。
遥遥沮溺心，千载乃相关。
但愿长如此，躬耕非所叹。

东晋 · 陶渊明《移居二首》（其二）

春秋多佳日，登高赋新诗。
过门更相呼，有酒斟酌之。
农务各自归，闲暇辄相思。
相思则披衣，言笑无厌时。
此理将不胜，无为忽去兹。
衣食当须纪，力耕不吾欺。

东晋 · 陶渊明《归园田居五首》（其三）

种豆南山下，草盛豆苗稀。
晨兴理荒秽，带月荷锄归。
道狭草木长，夕露沾我衣。
衣沾不足惜，但使愿无违。

◆ 诗歌详注 ◆

[东晋]陶渊明《神释》[1]

大钧无私力，万物自森着。[2]
人为三才中，岂不以我故？[3]
与君虽异物，生而相依附。[4]
结托善恶同，安得不相语。[5]
三皇大圣人，今复在何处？[6]
彭祖寿永年，欲留不得住。[7]
老少同一死，贤愚无复数。[8]
日醉或能忘，将非促龄具？[9]
立善常所欣，谁当为汝誉？[10]
甚念伤吾生，正宜委运去。[11]
纵浪大化中，不喜亦不惧。[12]
应尽便须尽，无复独多虑。[13]

[1] 神释：这里的“神”指的是人的灵魂。陶渊明生活的时代正是佛教在中国大行其道的时代。佛教的一支宗派提出了一种理论，认为人的灵魂和肉体可以分离，肉体会毁灭，但灵魂可以永恒不灭。当时的道教则提倡炼丹修仙，认为成仙之后，就连人的肉体也可以永恒不灭。陶渊明对这两种观点都很不以为然，专门写下了一组诗，叫作《形影神》，假借形（肉体）、影（影子）、神（灵魂）的对话来驳斥他们。这首《神释》就是这组诗的最后一首，假借神（灵魂）的口吻来开导形和影，表达了一种豁达的生死观。

[2] 大钧无私力，万物自森着：这是讲天地生出万物，对万物一视同仁，并不会特别偏爱哪个。

[3] 人为三才中，岂不以我故：人能够成为天、地、人三才之一，难道不是因为有我灵魂的缘故吗？——这首诗通篇都是以神（灵魂）的口吻对形和影来讲的，诗中的“我”就是“神”（灵魂）的自称。

[4] 与君虽异物，生而相依附：形和影啊，我和你们虽然不是同一种东西，但我

饮酒与归田，直写胸中天

我们今天去看很多青史留名的人，最先见到的介绍一定都是这个人的官衔。但是陶渊明是谁呢？他不过就是五柳先生。陶渊明留下来的传记《五柳先生传》中说，自己姓甚名谁都无所谓，宅边有五棵柳树，就随便这么叫他吧。他写文章以自娱，“颇示己志”，舒的是自己的心。他家徒四壁，衣服打着补丁，“短褐穿结，箪瓢屡空”。他家可能没有太多的吃喝，没有太多的东西，但是就在这样的日子里面，他可以有自己的一份自由和自在。这就是五柳先生为什么能够名垂千古的理由。

归来的终点是哪里呢？是回到自己的心，回到自己的观念里。陶渊明在他的《饮酒》里面说：“寒暑有代谢，人道每如兹。达人解其会，逝将不复疑。”寒暑代谢，岁岁年华都会追逐着流水走远，古往今来不都是这样吗？但只有通达的人能够真正看透这件事。有多少人不舍地追问，有多少人扼腕叹息，很多人都说好年光没有留下，人已经老了，梦已经远了。但是陶渊明说，过好今天，过好此刻，一切连起来就是你把握住的今生，为什么要对所

有的过去充满了叹息，对所有的未来充满了迷惑呢？

陶渊明说："忽与一觞酒，日夕欢相持。""日夕欢相持"，这五个字说得很有意思。中国人心中有一个难耐的时分——残阳西斜的时候。"断送一生憔悴，只销几个黄昏。"每到这样一个时刻，就觉得一天日子又走远了，太阳将沉沉地坠入黑暗，眼前光影迷离的那一刻照彻了生命的感伤，谁能说"日夕欢相持"？落日时分，生命温暖从容，有酒盈樽，欢畅在心。这一刻他稳稳度过，坦然走进黑暗迎接明早的光明，这就是陶渊明。

陶渊明在《神释》这首诗里面说了他的观念："甚念伤吾生，正宜委运去。"一个人多思多虑，过分地追究计较，那是要伤害自己的心，伤害自己的命的。想明白这一切就为了追究，放下追究就是顺应。当然有很多人会说，如果世道不让你顺应，你还是会遇到很多意外的，比如困顿、疾病、坎坷，有很多不是你自己可以决定的。当这一切来临的时候，你还能顺应得了吗？陶渊明的回答是："纵浪大化

们生来就是互相依附的。

[5] 结托善恶同，安得不相语：既然我们是互相依附的，好恶都一般无二，我又怎么能不把我的意见讲给你们呢？

[6] 三皇大圣人，今复在何处：想想古代的三皇吧，他们都是大圣人，但现在又在何处呢？

[7] 彭祖寿永年，欲留不得住：活了八百岁的彭祖很珍惜生命，但最后还是死了。

[8] 老少同一死，贤愚无复数：无论老少，无论贤愚，最后都一样会死。

[9] 日醉或能忘，将非促龄具：天天喝醉酒也许能忘记人终有一死这回事，但酒喝多了，人就会短命。

[10] 立善常所欣，谁当为汝誉：做善事扬名后世当然很好，但谁会把你的善行一直称道下去呢？

[11] 甚念伤吾生，正宜委运去：思虑太多对健康不好，不如就听任命运的安排吧。

[12] 纵浪大化中，不喜亦不惧：尽情地顺应大自然的变化规律吧，遇到好事不必太高兴，遇到坏事也不必太畏惧。

[13] 应尽便须尽，无复独多虑：生命走到尽头的时候终归要死，用不着为这种事情操心忧虑。

◆ 知识点 ◆

任何生物的本能都是贪生怕死，人也不例外，但人的理性很强，想到自己终归会死，总是不甘心，想找到什么方法来延续生命。所以古今中外很多的宗教、哲学、秘修方法等都是要解决这个生死问题。解决的途径无非有两类：一是给出一种方法，你只要照着这个方法去做，就可以长生不死；二是给出一种思路，你只要照着这个思路去想，虽然知道长生不死是

不可能的，但你对生活就不再贪恋，对死亡也不再畏惧了。晋代的佛教和道教走的是第一条路，而陶渊明走的就是第二条路。

第一条路很容易打动人心，但很难求证；第二条路会引起人们天然的排斥心理，却同样很难求证。所以自古以来，第二条路上的人总是比第一条路上的人少很多。愿意走第二条路的人都很欣赏陶渊明这首诗里的“纵浪大化中，不喜亦不惧”，这个话来自《庄子》，《庄子》很雄辩地论证过这个道理，比如《庄子》描写一个人的左臂生了瘤子，但他毫不在意，说身体只不过是尘垢暂时的聚合，死生好比昼夜的轮转，那么当变化降临到自己身上时又有什么可在意的呢？

遗憾的是，效仿庄子和陶渊明的人尽管可以对疾病、伤痛造成的身体变化豁达对待，但对随之而来的痛感却不知如何是好，毕竟无论一个人再怎么豁达，再怎么“纵浪大化中，不喜亦不惧”，伤病带来的痛感并不会因此降低半分。而为了避免痛感，难免对健康会感到喜，对伤病会感到惧，终究达不到“不喜亦不惧”的境界。这也是为什么庄子和陶渊明虽然一再受到推崇，却没有几个人能真正实践出来。高明的哲理常常被残酷的现实打败，这实在令人遗憾。

中，不喜亦不惧。”这十个字被后来很多文人奉为自己生命的座右铭，并且因此放下了他们的追问和不舍。

陶渊明果然做到了“不以物喜，不以己悲”。如果以物喜，他不会放弃彭泽令而归来。如果以己悲，当他看见“环堵萧然，不蔽风日；短褐穿结，箪瓢屡空”就不会安之若素。以社会的标准来看，这对于一个男人来讲很失败，对家里的妻儿老小没一个交代，但是他并不悲伤，为什么呢？“应尽便须尽，无复独多虑。”生命完结就完结吧，生命中的一切该走的就让它走远吧。一个人从小到大，童年那点天真蒙昧的自由会走远的，长大以后的青春勃发，人到中年的满足，生命的不同状态，都会随着衰老走远的。也许我们的儿女会走远，也许我们身边的朋友会走远，最后连自己的生命都会走远，这一切都是人生应尽之事，只要拥有时真正珍惜过，那么应尽时就随它走远吧，不要苦思苦虑追究不休，这就是“无复独多虑”。

“世上本无事，庸人自扰之。”陶渊明不需要名分，不需要官职，不需要别人给他加上的名号，他永远只是他自己。

“孟夏草木长，绕屋树扶疏。”仲夏时节草木丰美茂盛，围着自己的房屋远远近近看见错落的树木，这个季节一般人会觉得心浮气躁。那陶渊明在想什么？他抬头一看“众鸟欣有托”，因思“吾亦爱吾庐”。人知足不知足，要看跟谁比。而陶渊明只是跟那些物性自然的飞鸟比。小鸟要是累了，就都回树上的窝里，它们要有个依托。诗人累了，就回他简陋的房子里，那也是他的家。人这样比当然心安。我们今天在都市里面可比的生物很少。我们眼前能看见的，离我们近一点的动物，大多数都是豢养的宠物而已，它们是我们的一点玩物和隶属品，不足以作为我们生命的坐标。我们跟谁比呢？跟那些比我们更有权或者更有钱的人比，所以越比越不知足，越比越不爱吾庐，越比越会觉得还有更好的豪宅。这样的日子，人当然不快乐。

陶渊明回来在干什么？“既耕亦已种，时还读我书。”耕读是中国人的一个理想状态。出门干活有土地，回家休闲可读书，这种既耕亦读的日子就是中国文人生活状态的归属。取财于地，取法于天。不误农时，回来了有闲心闲情还能念书。

“穷巷隔深辙，颇回故人车。”陶渊明住的是个穷街陋巷，这小地方不足以让那些富贵人到这儿来。不想结交权贵，那些大车深辙也进不了他家的穷街陋巷。他的闲情就由此而来，所以他有这份时光。

“欢然酌春酒，摘我园中蔬。”他自己把酒倒上，把自留地里那些新鲜的蔬菜都摘下来，对着酒，看着天地。“微雨从东来，好风与之俱。”有一点点雨丝风片吹进这样一个仲夏季节，难道还不清爽吗？所以他的日子是“泛览周王传，流观山海图。俯仰终宇宙，不乐复何如？”陶渊明的阅读大多有趣，但他读的都是些没有功利之用的东西。他在《五柳先生传》里说自己：“好读书，不求甚解；每有会意，便欣然忘食。”如果一个人念书可以念到“俯仰终宇宙”，可以“仰观宇宙之大，俯察品类之盛”△，那“不乐复何如”，人不高兴还干吗去呢？

△ 出自王羲之《兰亭集序》。

常想起来我刚刚读硕士的时候，启功△先生年事已高，每天都在北师大的院子里乐乐呵呵地跟所有人打招呼。我看见他每天都笑容满面，有一天问了他一个傻乎乎的问题。我说："启先生为什么每天都这么乐呢？"启先生说："呵呵，不乐那多冤啊。"我当时二十一岁，完全不懂得老师话里的意思。这句话也要走过很多年，经历了很多不快乐的事，才知道人生就这么点时光，当一件事可以想开，也可以想窄的时候，我们却老是想窄，就都是不乐。倏忽之间，说这句话的老师也已经作古了，经历过许多坎坷的启先生，他带走的是那么一个快乐的生命。我们今天不乐不也是很冤吗？"俯仰终宇宙，不乐复何如？"所有的智者都讲着朴素的言语，对这份道理的认同，也是归来的目的。

◆ 延伸阅读 ◆

金·元好问《继愚轩和党承旨雪诗四首》（其四）

愚轩具诗眼，论文贵天然。
颇怪今时人，雕镌穷岁年。
君看陶集中，饮酒与归田。
此翁岂作诗，直写胸中天。
天然对雕饰，真赝殊相悬。
乃知时世妆，粉绿徒争怜。
枯淡足自乐，勿为虚名牵。

△ 启功（1912—2005），中国书画家、书画鉴定家、文史学家。字元伯，一作元白，生于北京。长期从事文史教学与研究，精于书画及文物鉴定。在书学上力主临习墨迹，尤其重视结字，创"黄金分割法"。书风于端庄静穆中寓劲健飘逸。著有《启功丛稿》《论书百绝》等，并有《启功书法作品选》等多种书法结集。

东晋 · 陶渊明《五柳先生传》（节选）

先生不知何许人，亦不详其姓字，宅边有五柳树，因以为号焉。闲静少言，不慕荣利。好读书，不求甚解；每有会意，便欣然忘食。性嗜酒，家贫不能常得。亲旧知其如此，或置酒而招之；造饮辄尽，期在必醉。既醉而退，曾不吝情去留。环堵萧然，不蔽风日；短褐穿结，箪瓢屡空，晏如也。尝著文章自娱，颇示己志。忘怀得失，以此自终。

东晋 · 陶渊明《饮酒》（其一）

衰荣无定在，彼此更共之。
邵生瓜田中，宁似东陵时。
寒暑有代谢，人道每如兹。
达人解其会，逝将不复疑。
忽与一觞酒，日夕欢相持。

东晋 · 陶渊明《读〈山海经〉十三首》（其一）

孟夏草木长，绕屋树扶疏。
众鸟欣有托，吾亦爱吾庐。
既耕亦已种，时还读我书。
穷巷隔深辙，颇回故人车。
欢然酌春酒，摘我园中蔬。
微雨从东来，好风与之俱。
泛览周王传，流观山海图。
俯仰终宇宙，不乐复何如？

鸟倦飞而知还（田园意象之一）

田园诗中有两个常用的意象，第一是鸟，而且是归鸟。“云无心以出岫，鸟倦飞而知还。”云彩无牵无挂，越飘越远，鸟在飞得疲倦的时候就知道该归来了。

陶渊明最著名的那首《饮酒》（其五），“采菊东篱下，悠然见南山。”那个时候“山气日夕佳，飞鸟相与还。此中有真意，欲辨已忘言”。有东篱把酒，有远山自现，有飞鸟在夕阳中淡淡归来。这一幅画面中那种永恒的、神秘的、真正的意义是什么呢？放下追问，它就永远在那里。而归鸟是这些元素中唯一的生命。

陶渊明在他的《饮酒》（其四）里说：“栖栖失群鸟，日暮犹独飞。徘徊无定止，夜夜声转悲！”鸟要是失群的话，也会心中惶惶然，徘徊无定，叫出的声音特别悲伤。对于不愿为五斗米向乡里小人折腰的陶渊明来说，“误落尘网中，一去三十年”，他曾经也是徘徊的孤鸟。

仕途这件事，有的时候近似鸟笼。用小陶罐喝水，每天都吃着最精良的鸟食，在一个金丝笼子里面被人欣赏，这日子对鸟来讲到底是好还是坏呢？这笼中的鸟不就是失群了吗？所以陶渊明说他不能那样夜夜伤悲地啼叫，所以他回来了。他从二十九岁开始，因为有家小，所以他不得不出去做官，做祭酒、参军，都是芝麻大的小官，就是为了供养这个家。到了四十一岁的时候，勉强干了八十五天的彭泽令，一声对灵魂的自我召唤“归去来兮”，终于归来。

从陶渊明的这一组飞鸟，我们放开视线去看后来还有多少诗人写到了归鸟。人跟鸟之间真的有一种默契的喜悦吗？

常建有首诗叫《题破山寺后禅院》：“山光悦鸟性，潭影空人心。”山光

◆ 诗歌详注 ◆

[唐]杜甫《旅夜书怀》

细草微风岸，危樯[1]独夜舟。
星垂平野阔，月涌大江流。[2]
名岂文章著，官应老病休。[3]
飘飘何所似？天地一沙鸥。

[1] 樯（qiáng）：桅杆。

[2] 星垂平野阔，月涌大江流：这是杜甫的名联，景象阔大。因为平原辽阔，所以星星看上去仿佛垂挂在天幕上一般；因为大江奔流，所以照在江水上的月光仿佛也在随着江水涌动。

[3] 名岂文章著，官应老病休：这是气话，杜甫曾经因为向朝廷献赋而赢得了极大的文学声誉，但这里偏偏说自己的名誉不是或不该是由文章来成就的，言下之意是比起立言，自己更希望立功，希望以经邦治国的成就来成就自己的声誉。杜甫写这首诗是在罢官之后的旅途中，他是因为勇敢地议论朝政，触怒了当权者而被罢官的，杜甫认为一个人可以因为老病而被罢官，不该因为直言进谏而被罢官。

◆ 知识点 ◆

这首诗一共四联，有两联都成为经典，一是“星垂平野阔，月涌大江流”，一是“飘飘何所似？天地一沙鸥”。中国古典诗词很讲究意象，杜甫为什么把自己比作沙鸥，而不比作鸿雁等，是因为沙鸥作为一个诗歌意象，象征着率性和自由，象征着陶渊明所谓的“任真”。如果说“天地一孤鸿”，这表示的就是失群的孤独，传达的是凄凉、悲怆的情绪，而“天地一沙鸥”虽然也有孤独，也有悲怆，但更多传达出来的是一种逍遥豁达的情绪。

美，所以鸟就翩翩飞；潭影静，所以人心跟着就会腾空了。鸟欢畅的时候，人跟着有了相同的彻悟。

鸟可以欢欣，有时候也可以忧伤。

杜甫志存高远，但是同样也有深情，他高兴的时候会说：“一重一掩吾肺腑，山鸟山花吾友于。”重重叠叠的那些山峦都是他的胸中肺腑，鸣叫的山鸟、明艳的山花，都是他的朋友。但是他伤痛的时候呢？“国破山河在，城春草木深。感时花溅泪，恨别鸟惊心。”他的伤痛是花上溅泪，飞鸟惊心。这首诗写于至德二年（公元757年），安史之乱后的第三年，他在投奔肃宗的半路上被抓，身陷叛军占领的地方。山河破碎，一片回春大地上满目荒凉，他的感慨谁去分担呢？他的妻儿在鄜州羌村，他的君王也远在长安之外。杜甫经历了从玄宗到肃宗的更迭，幸亏他还有花儿、鸟儿陪伴和分担。所以他甚至说自己是“飘飘何所似？天地一沙鸥”。杜甫自认为是什么人呢？他就是天地之间翩翩的一只飞鸟。相比于西方诗歌中孤单翱翔于天际的雄鹰，中国诗词中一次次出现群鸟，这是群体的一份相依，这是伦理归属中的一份眷恋。

◆ 延伸阅读 ◆

东晋 · 陶渊明《饮酒二十》（其四）

栖栖失群鸟，日暮犹独飞。
徘徊无定止，夜夜声转悲！
厉响思清远，去来何依依。
因值孤生松，敛翮遥来归。
劲风无荣木，此荫独不衰。
托身已得所，千载不相违。

唐 · 常建《题破山寺后禅院》

清晨入古寺，初日照高林。
曲径通幽处，禅房花木深。
山光悦鸟性，潭影空人心。
万籁此都寂，但余钟磬音。

唐 · 杜甫《岳麓山道林二寺行》（节选）

依止老宿亦未晚，富贵功名焉足图。
久为野客寻幽惯，细学何颙免兴孤。
一重一掩吾肺腑，山鸟山花吾友于。
宋公放逐曾题壁，物色分留与老夫。

◆ 诗人简介 ◆

常建（？—？），唐诗人。其诗多为五言，常以山林、寺观为题材，兴旨幽远。《题破山寺后禅院》一首，为世传诵。也善作边塞诗。

把世界关在门外（田园意象之二）

除了飞鸟，在田园诗里面第二个常见的意象，就是一道柴门，而且这道门常常是关着的。陶渊明《归园田居》（其二）里面说："野外罕人事，穷巷寡轮鞅。白日掩荆扉，虚室绝尘想。"在深街陋巷里面，大白天也关着家里的柴门，只要有一樽酒在眼前，那么尘世与他就隔绝了。他的关门不是一种胆怯，而是一种勇敢。他的关门也是对世界的一个态度，他不是说世与他而相违吗？既然不想入世，既然是真的可以不要，那还老开着门何所期待呢？

所以当人人发奋进取，人人都说永无止息的时候，陶渊明写了他的《止酒》，每句里面都有一个 "止"字。"坐止高荫下，步止荜门里。好味止园葵，大欢止稚子。平生不止酒，止酒情无喜。"他坐在树荫底下乘凉，他在自己家的柴门之内散步，他吃的是园子里那些青青翠翠的蔬菜，他人生最大的欢乐是自己的孩子绕膝承欢。平生不止之事只有一样，叫"平生不止酒，止酒情无喜"。所以陶渊明在他的《归去来兮辞》中也说："园日涉以成趣，门虽设而常关。"他喜欢自己的家，就是每天走，每天看，他照样觉得它有趣。他就是有个门，也仍然关着它，对他来讲有这么大个地方，吾心自足。

王维写他眼中的世界，也常常用到这一扇门。大家都知道王维中年以后隐居终南山——一个让他心灵安顿的地方。他为了答谢自己的朋友，在《答张五弟》中写下了这样一个小小的意象："终南有茅屋，前对终南山。终年无客常闭关，终日无心长自闲。"他的小屋，终年无客，门就常关着。他的日子"终日无心长自闲"，没有那么多的心事搅扰。王维跟陶渊明不一样，少年入仕，因为他才华太高，连安史之乱的叛军也不放过他，被逼仕伪朝。等到肃宗还朝，因为兄弟的求情，仅被贬官，没有被太多地责罚，最终做到尚书右丞。他为什么还能说

◆ 诗歌详注 ◆

[唐]王维《答张五弟》

终南有茅屋[1]，
前对终南山。
终年无客常闭关，
终日无心长自闲。
不妨饮酒复垂钓，
君但能来相往还。[2]

[1] 茅屋：王维的茅屋并不是因为他穷得住不起瓦屋才住茅屋，而是出于审美情趣专门在一座大庄园里搭建的茅屋。

[2] 君但能来相往还：这是向张五弟发出邀请，询问他能否常来这里和自己一起饮酒、垂钓。

◆ 知识点 ◆

王维的隐居和陶渊明不同，他是在确保职位和俸禄的前提下追求隐逸的情调。王维很看不起陶渊明的隐居方式，他说陶渊明在《乞食》诗里自称“叩门拙言辞”，这一定是因为经常向别人借贷所以再借贷的时候就羞于启齿了，陶渊明如果肯忍一时之辱，就可以继续做官，安享俸禄，却只因为不肯受一时之辱而受了一辈子之辱。

陶渊明搞的是自给自足的小农经济，有点收成很不容易，所以他很希望朝廷不要来征他的税；王维在终南山的隐居之地是一座大庄园，出产各种经济作物，收益相当不错，所以王维说自己很愿意上税，希望能给朝廷多做一些贡献。

陶渊明事实上并没有做到完全地自给自足，有时候难免需要借贷。俗话说“上山擒虎易，开口告人难”，总要向别人开口借贷，对于一般人来说，面子确实很挂不住。陶渊明选择了一种很彻底的隐

出“无心”二字？因为世事坎坷，真正经历以后，不留心上，这是一种大能耐。如果说陶渊明的生活是在人居之地，心远地偏。那么王维就是仕隐两得，悠心自闲。

王维在《归辋川作》中说：“东皋春草色，惆怅掩柴扉。”远远看见草色盈盈，惆怅之间有一个动作，把这一切关闭起来了。一个人的归来，有时候需要一种稳定，他要想让世事与他无牵连，他会屡屡地把烦扰关在门外。

王维在《归嵩山作》中也曾经写过：“荒城临古渡，落日满秋山。迢递嵩高下，归来且闭关。”这首诗写在开元二十二年（公元734年），当时王维回嵩山，在路上看到这些景色，荒城古渡，落日秋山，想到“归来闭关”，远离尘世。写这首诗的时候，王维正是年富力强的三十多岁，但是已然经历了个人生活与仕途的几番起伏。在另一个秋照时分，王维写下“闲门寂已闭，落日照秋草”。此时，王维正在济州做官，但他的官舍的门也是“闲门”，不营营以求，王维诗题中用“归某某”也很多，他这一路走得比陶渊明要远得多，坎坷得多，甚至到最后还说了一句很伤痛的话，叫作“一生几许伤心事，不向空门何处销”。他最后那道门从人间关到了一道一道的红尘外，直至空门之中。世事的跌宕已经无法打扰

他的生命，白天上朝为官，归来闭门，静对经案绳床。

刘长卿曾经说过：“门临秋水掩，帆带夕阳飞。”关门这一刻，看着远山远景，这时才觉出来远与近之间那种强烈的反差。

王维的一位至交孟浩然，尽管一直没落失意，但是并不妨碍他们两个人的惺惺相惜。他在和王维告别时写了一首诗，里面就说过“门”：“当路谁相假？知音世所稀。只应守寂寞，还掩故园扉。”人世上，知音稀少，和你分别，这个世界上就没有其他人了解我了，我要回到自己的故园，守一份寂寞，关上自己的家门。陶渊明说的是“守拙”，孟浩然说的是“守寂”，两个境界不同。其实我自己更喜欢陶渊明说的那个境界，当一个人觉得寂寞的时候，多少还有一点点幽怨。当一个人守护朴拙的时候，他就有一点朴拙的欢欣。同样是去守，有的人守得很苦，有的人守得豁达。

陆游在他的《春雨》中也说：“闭门非为老，半世是闲人。”不要觉得闭门就是一种衰老的表现，一个人拥有自信的生命，关上了门，就敞开了精神。关上一道门，远离了外在的社会，却打开了门里的自然。一个人想要面对自然，面对自我，是需要关上一道通向喧嚣的大门的。

居生活，种田的辛苦相对容易克服，只是不知道开口求人的尴尬他是怎么克服的呢。所以后世的隐士们往往嘴上推崇陶渊明，行动上却学习王维，这毕竟是人之常情啊。

什么是真正的田园？田园中有宿鸟归来，有柴门掩映。关一道门，凝视一段飞鸟掠过天心的痕迹，你可能就拥有了一片田园的生活。对今天的都市来讲，田园不是土地，田园也不是别墅，田园不需要有多大的土地资格才能去享受。田园有的时候就是这样一种随性和天真。

◆ 延伸阅读 ◆

东晋·陶渊明《归园田居五首》（其二）

野外罕人事，穷巷寡轮鞅。
白日掩荆扉，虚室绝尘想。
时复墟曲中，披草共来往。
相见无杂言，但道桑麻长。
桑麻日已长，我土日已广。
常恐霜霰至，零落同草莽。

东晋·陶渊明《止酒》

居止次城邑，逍遥自闲止。
坐止高荫下，步止荜门里。
好味止园葵，大欢止稚子。
平生不止酒，止酒情无喜。
暮止不安寝，晨止不能起。
日日欲止之，营卫止不理。
徒知止不乐，未信止利己。
始觉止为善，今朝真止矣。
从此一止去，将止扶桑涘。
清颜止宿容，奚止千万祀。

唐 · 王维《归辋川作》

谷口疏钟动，渔樵稍欲稀。
悠然远山暮，独向白云归。
菱蔓弱难定，杨花轻易飞。
东皋春草色，惆怅掩柴扉。

唐 · 王维《归嵩山作》

清川带长薄，车马去闲闲。
流水如有意，暮禽相与还。
荒城临古渡，落日满秋山。
迢递嵩高下，归来且闭关。

唐 · 王维《赠祖三咏》

萧蛸挂虚牖，蟋蟀鸣前除。
岁晏凉风至，君子复何如。
高馆阒无人，离居不可道。
闲门寂已闭，落日照秋草。
虽有近音信，千里阻河关。
中复客汝颍，去年归旧山。
结交二十载，不得一日展。
贫病子既深，契阔余不浅。
仲秋虽未归，暮秋以为期。
良会讵几日，终日长相思。

唐 · 王维《叹白发》

宿昔朱颜成暮齿，须臾白发变垂髫。
一生几许伤心事，不向空门何处销。

唐·刘长卿《南湖送徐二十七西上》

家在横塘曲，那能万里违。
门临秋水掩，帆带夕阳飞。
傲俗宜纱帽，干时倚布衣。
独将湖上月，相逐去还归。

唐·孟浩然《留别王维》

寂寂竟何待，朝朝空自归。
欲寻芳草去，惜与故人违。
当路谁相假？知音世所稀。
只应守寂寞，还掩故园扉。

南宋·陆游《春雨》

细雨吞平野，余寒勒早春。
未增豪饮兴，先著苦吟身。
幽径萱芽短，方桥柳色新。
闭门非为老，半世是闲人。

◆ 诗歌详注 ◆

[唐]孟浩然《望洞庭湖赠张丞相》

八月湖水平，涵虚混太清[1]。
气蒸云梦泽，波撼岳阳城。
欲济无舟楫，端居耻圣明。[2]
坐观垂钓者，徒有羡鱼情。[3]

[1] 涵：涵纳。虚：虚空。混：混同于。太清：天空。“涵虚混太清”形容水天一色，浑然一体。

[2] 济：渡水。楫（jí）：船桨。端居耻圣明：在圣明之世，一个人闲居在家不出来做官是可耻的。

[3] 坐观垂钓者，徒有羡鱼情：表面上的意思是看见别人钓鱼，自己也动了心；背后的含义是看见别人做官，自己也想做一做。

◆ 知识点 ◆

这种诗叫作干谒诗，一般都是投献给达官显贵的，请求对方提拔自己。这种意图如果用白话来表达，往往会显得太赤裸，太让人难为情，但如果用诗歌来表达，就好像蒙了一块遮羞布。不过在孟浩然的时代，社会风气非常开放、进取，各种有事业心的人求官求得都很大方，如果以今天的标准来看，有些言行已经算得上厚颜无耻了。相比之下，孟浩然这首诗就显得温婉、含蓄得多。

田园的烟火气：把酒话桑麻

田园诗派，还有一位代表诗人——孟浩然。盛唐时，国家强盛，很多人志在边关，为什么还有人回到田园呢？因为盛世也让人失落。真正的失意并不在浊世，因为那时大家都不得意。浊世里的人有时候会惶恐，会沉溺酒中逃避，但他们是悲伤，而不是失意。相反，恰恰是盛世容易让人失意，比如孟浩然。

他是一个有才名、有志向的人，但是他去求仕时已经四十来岁，他以中年的心情去期盼建功立业，所以他给丞相张九龄写了《望洞庭湖赠张丞相》。诗中的那样一种岳阳城的气势，今天读起来还觉得气象万千。这是何等的气象啊！农历八月，盛夏已经过去，秋水涨到最高处，天地混沌，一望无际，水天一色。“气蒸云梦泽”，说的是洞庭湖水辽阔丰厚；“波撼岳阳城”，说的是一座城池被波澜围绕。这个人拥有了这么大的天地景观，但是心还没有安顿。他忐忑不安地探问张丞相：“欲济无舟楫，端居耻圣明。”他想要渡水去，可是他没有船，没有桨。这句“欲济”以渡水而比喻济天下。他想出仕，他想做官，但是他没有什么凭借，没有这个途径。闲居在家吧，他又说“端居耻圣明”。这么一个大好时代，他要不出去做官，又对不起天子。

孟浩然想做官，还总找个不负时代的借口说自己不做官对不起天子。他出去做官没门路，在家赋闲不甘心。“坐观垂钓者，徒有羡鱼情。”看看那些钓鱼的人，而他呢？只有羡慕他们得鱼之心。这是一种试探。田园中真正像陶渊明那样自觉的人，真的太难得了。像王维那样也难得，就是可享繁华富贵，一切都能拥有的时候还愿意回来守住心。孟浩然当然也不容易，他的确是一个有才华的人，但是他一生都在仕与隐的纠结之中。

北阙休上书，南山归敝庐。
不才明主弃，多病故人疏。
白发催年老，青阳逼岁除。
永怀愁不寐，松月夜窗虚。

据说，孟浩然因为写这首《岁暮归南山》而倒霉。“北阙休上书，南山归敝庐。”不要向朝廷上书求官，因为自己朝中无人，那就归隐吧。“不才明主弃，多病故人疏。”他因为没有高超的才华，所以皇上不用他，因为他是一个抱病之身，所以朋友不愿意跟他来往，其实这两句话说得有点怨气。“白发催年老，青阳逼岁除。”他头上有白发，眼前有流光，日月就这么走远了。“永怀愁不寐，松月夜窗虚。”他顶着苍苍白发，难以入睡，这样的日子他怎么挨得过去呢？这点怨气不经意间就给自己找了麻烦。

有一次孟浩然去王维办公的地方探视他。王维上着班接待了老朋友，跟孟浩然两个人正聊着，偏偏赶上唐玄宗来视察。上班的时候接待朋友可不合适，王维一害怕就把孟浩然藏在了休息室的床底下。当唐玄宗走进来，王维觉得这万一要是被皇上知道，罪过就更大，所以就向唐玄宗坦白说孟浩然在官署里。唐玄宗知道孟浩然的诗名，欣然让他出来面见，问他最近有什么新作，孟浩然急于谋取事功，偏偏就把这首诗给念出来了："不才明主弃，多病故人疏。"唐玄宗听了跟他说：卿自己不来进仕，我什么时候抛弃过你？是你不想来而已啊。

田园收留的是那些心里面真正放下纠结的人。孟浩然求仕失意地回来了，好在这个人悟性不错，终于回来寻找一份安顿。

北山白云里，隐者自怡悦。相望始登高，心随雁飞灭。

愁因薄暮起，兴是清秋发。时见归村人，平沙渡头歇。

天边树若荠，江畔洲如月。何当载酒来，共醉重阳节。

这是他的《秋登万山寄张五》，此时他的心胸是真正疏朗了。去上北山，在白云之中，一个隐逸之人可以有自己清淡的欢喜。相望登高，一颗心随着鸿雁在长空里起起伏伏，情思缥缈，也是明明灭灭。这个时候还是会有感伤，因为时值秋日，又在晚照时分。但是有人归来了，归来的意象在这里真正落在了实处。天边的树很小，江边的船如同月牙，什么时候带酒来，我们共醉一个深秋重阳节。人真的有了这样的归来之心，才能够饮到这杯安详的酒。

孟浩然真正意义上的田园诗是《过故人庄》。这首诗里面的那种朴素天然，和陶渊明的诗已经相去不远。"故人具鸡黍，邀我至田家。"老朋友备了点好饭菜，饭是刚打的小米，菜是刚宰的鸡。诗人被邀到故人家。远远看去，"绿树村边合，青山郭外斜"，近处绿树绕着村落，远方隐着一带青山。走进小院，"开轩面场圃，把酒话桑麻"，窗户一开，外面就是场院。大家端着酒杯闲聊，就聊聊今年谁家庄稼长得怎么样了，明年谁家的收成会不会好，这就叫“话桑麻”。“待到重阳日，还来就菊花。”这一餐饭总有吃完的时候，那下回咱俩什么时候约？就约重阳节吧，到那个时候菊花就该开了，把酒在菊花旁边，我们再来聊一聊这一年的时光。这一把散淡文字，才是真正意义上的归来。孟浩然在求仕失意而归之后，终于放下了他的挣扎。

◆ 延伸阅读 ◆

唐 · 孟浩然《过故人庄》

故人具鸡黍，邀我至田家。
绿树村边合，青山郭外斜。
开轩面场圃，把酒话桑麻。
待到重阳日，还来就菊花。

行到水穷处，坐看云起时

每个人都可以有自己的田园，但每个人的田园来得有早有晚，各不相同，每方田园里面真正的气象也大相径庭。

王维有一个耐人寻味的生命历程。他生逢盛世，少有才名，二十一岁就举进士，在京城做官，但没多久就因为受旁人牵累而被贬到外地。张九龄执政时，又重新提拔王维，让他一路升迁起来。

开元二十五年（公元737年），他奉命出塞，写下“大漠孤烟直，长河落日圆”。王维的诗集里面，有太多太多的沧桑感慨。同时王维又是一个诗书琴画皆精通的大艺术家，他的思想受禅宗影响很大。无论是他的诗，还是他的画，都耐人寻味。正是因为他经历过仕途跌宕，世事坎坷，所以他的田园跟生命清浅淳朴自然的陶渊明又有不同。

他在《终南别业》里说：“中岁颇好道，晚家南山陲。兴来每独往，胜事空自知。”“中岁”是指他历经沧桑的中年，从那个时候起他就喜欢佛学禅理，到了晚年的时候隐居在蓝田辋川别业，在这里他自己独来独往，“行到水穷处，坐看云起时”，这十个字深含禅意，走到水流穷尽处，真的穷尽了吗？停下来你就会看见水尽云升。世间的很多东西其实都是在转换的，一样东西的消歇，可能转换成另外一种生命的新的勃发。王维的心在起伏跌宕中，终于回到了一种自然的状态。

田园是一种状态，有些状态是浑朴的，有些状态是彻悟的。王维属于后者。“偶然值林叟，谈笑无还期。”尽管他是一个做过高官的人，但即使是遇见一个山间老叟，也可以跟老叟把酒言欢，甚至可以就站在路上聊个没完。真正的田园是什么呢？是一个人放下了身段，卸掉了名分，看见了生命自我，才

◆ 诗歌详注 ◆

[唐]王维《酬张少府》

晚年唯好静，万事不关心。
自顾无长策[1]，空知返旧林。
松风吹解带[2]，山月照弹琴。
君问穷通[3]理，渔歌入浦深。

[1] 长策：良策。

[2] 解带：古代士大夫在上朝或会客的时候需要束上腰带，在家没事的时候就会解开腰带。“松风吹解带”也就意味着王维在家闲居无事。

[3] 穷：“穷”原本是指极、尽。比如我们说一个人“穷途末路”，是说他的路走到尽头了，无路可走了；再如“穷则思变”，并不是说一个人到了没钱的时候就想做出改变，而是说一个人在走投无路的时候想要做出改变。古人用“贫”而不用“穷”来表示没钱或物质匮乏的意思。所以“穷”的反义词不是“富”，而是“通”。古代知识分子的唯一出路就是做官，所以“穷通”所指的就是仕途是否通达。

◆ 知识点 ◆

张少府向王维这位官场老前辈请教官场要诀，王维的回应是“渔歌入浦深”。王维参禅参了很多年，做官也做了很多年，参禅和做官有一个共同点，就是说话都不说透，让别人去悟。“渔歌入浦深”究竟是怎样的一种“穷通理”呢？我们可以理解为王维既然“万事不关心”，对张少府的问题当然也不关心，所以转身走了，不予答复；也可以理解为王维建议张少府辞官隐居；还可以理解为王维劝张少府要以隐士的姿态来做官……至于每个人究竟可以从“渔歌入浦深”悟出什么，那就全看各人的悟性了。

回得去的地方。

王维的晚年，白天上朝为官，晚上回到他的居所，焚香读经，放下红尘过往，只有一颗心在。所以王维在《酬张少府》这首诗里说出他晚年所有的心境和物境。“晚年唯好静，万事不关心。”这个世上再有多么繁盛与衰败，都已经不再扰乱他的心。对于世间的人与事，他没有过多的见解和宏大的规划，他只能返归，护住自己的心性是他唯一能做的事。他身边相伴的是什么呢？“松风吹解带，山月照弹琴。”唯有明月松风自在相伴，心在琴弦上，心在月影中。“君问穷通理，渔歌入浦深。”倘若再有人跟他探讨人生贫富贵贱之理，他一笑转身走远了，只留下淡淡的渔歌，一切都在不言之中。这一份禅意出神入化，不求让别人懂得，自然也无须与别人争辩。

长歌皓月、剑啸长虹的李太白，他爱田园吗？

李白喜欢孟浩然这样的人，所以就羡慕孟浩然的生活。“吾爱孟夫子，风流天下闻。”李白因为喜欢这个人，连他的田园，自己也想身处其中。“红颜弃轩冕，白首卧松云。”红颜是指一个人年轻的时候，在还来得及进取的时候，孟浩然就放弃了仕途。其实孟浩然也不那么想放弃，他是求仕不得而归来，多少有些无可奈何。但在李白看来，孟浩然勇敢，放弃得好，时值壮年就已经弃轩冕了，所以他的生活自在，松间云下，可以悠闲长卧。

“醉月频中圣，迷花不事君。”一个人醉得花月皆醉，这番境界不是很像李白本人的“天子呼来不上船，自言臣是酒中仙”吗？“高山安可仰，徒此揖清芬。”他真的敬重孟浩然那样的人生境界，那就是他的理想。所以不要以为李白不爱田园，一个人只要有份至情至性，就都会有自己对于田园的一份喜欢。

李白下终南山，到自己好朋友的山庄里的时候，曾经写过这样的诗：“暮从碧山下，山月随人归。却顾所来径，苍苍横翠微。”写得多美啊。他从这样一座碧山上走下来的时候，唯有山月相随，再回头看一眼他自己走过的路，才知道路已经被青山隔断。他的好朋友斛斯山人在迎接他，“相携及田家，童稚开荆扉”，一起走到家门口，小孩子跑过来把门打开。一路进去，“绿竹入幽径，青萝拂行衣”，院子里面有绿竹，有青萝，曲曲折折进到室内。“欢言得所憩，美酒聊共挥”，樽前有美酒，天空有明月，这就是最好的日子。“长歌吟松风，曲尽河星稀。”两个人在一起吟风赏月，当他们吟罢的时候，天空中星辰已稀，几乎快要天亮了。“我醉君复乐，陶然共忘机。”什么叫作忘机呢？一个人有机心，就会有很多的计较。陶然而乐就可以忘却机心，这样的日子就是一份天真性情的安顿。

所以，一生好入名山游的谪仙人李白也爱田园。

那么，一心忧国忧君的杜甫，他可能爱田园吗？

杜甫是个有深情的人，他爱江山，爱家国，爱君王，爱百姓，他爱山川，爱流水，爱妻儿，爱朋友，他同样爱田园。“人生有情泪沾臆”，杜甫多情，所以常含泪水。

在他难得安定的那些日子里，“舍南舍北皆春水，但见群鸥日日来”，他住的地方，南南北北都是春水缭绕，鸥鸟飞到他的身边，人和生物其乐融融。“花径不曾缘客扫，蓬门今始为君开。”家里过去也没有打扫过，现在有客人来了，欣欣然开门迎候。这两句话有一份发自内心的淳朴温情。“盘飧市远无兼味，樽酒家贫只旧醅”，没有什么更好更多的美味，喝的这点酒也不是今年新酿的，所以这不是什么豪华的酒宴，这顿酒喝的是人情。“肯与邻翁相对饮，隔篱呼取尽余杯。”最后这句话的情景，特别温馨有趣。老朋友来了，大家喝着酒。杜甫忽然想起隔壁的老汉，问客人，愿不愿意和隔壁老汉喝杯酒？隔着竹篱笆，一块儿干一杯。这点儿随意的闲趣，可不就是真的田园。

为什么说现在的田园远了？远的不是绿水青山，而是一种生活方式，就是这样隔着篱笆喝杯酒的简单率性。

杜甫难道不爱田园吗？

他写《江村》：“清江一曲抱村流，长夏江村事事幽。自去自来梁上燕，相亲相近水中鸥。”这些是写他家周围的景观。“清江一曲”，也就是那点舍南舍北的春水，环抱着这样一个小村。“自去自来梁上燕，相亲相近水中鸥。”那些鸥鸥燕燕飞去飞来，散漫自在。“老妻画纸为棋局，稚子敲针作钓钩。”这两句太有味道了。老伴拿张破纸画了个棋盘，也许捡几个石头子就当棋子了，嚷嚷着要找人下棋。小儿子拿了他妈妈针线包里的一根针，用个石块把它敲弯了，就乐颠颠跑去钓鱼。

田园无非就是这种状态了。寻常日子一旦有趣，就变得兴味盎然。寻常日子一旦有心，身边处处都是田园。这跟杜甫的志向有所不同，但这也是真实的杜甫。并非一个人的生命有了一种壮阔的担当，有了那样一种“安得广厦千万间，大庇天下寒士俱欢颜”的悲悯，这个人的心中就放不下悠扬田园。

那么，抗金将领辛弃疾，这个二十岁起兵的武将，他爱田园吗？这样一个郁结得“把吴钩看了，栏干拍遍，无人会、登临意”的壮士，豪气干云，他也会爱田园吗？他在《清平乐·村居》中写的日子，跟杜甫家的日子，真是相映成趣。尽管一唐一宋，相隔那么多年，但两个人都是忧君忧国，性情相似，他们笔下那一份朴素天真，也烂漫得相同。“醉里吴音相媚好，白发谁家翁媪？”山东人辛弃疾到了临安，听江南人说话，觉得人家话音柔软，叫作“相媚好”。经历了那么多世事，白发夫妻相守一段宁静时光。几个孩子都干吗呢？“大儿锄豆溪东，中儿正织鸡笼。最喜小儿亡赖，溪头卧剥莲蓬。”大儿子能干农活了，扛着锄头上旁边那块地里面去锄豆苗。二儿子不如他哥哥能干那么重的体力活，在家编鸡笼子。看那小儿子，什么都干不了，只知道在那儿淘气，躺在溪边一个人剥着莲蓬，那副贪吃的小样儿，让老父老母眼神里都漾起了笑影……

每一个人都有他不同的田园，每片田园里面都有一个不可替代的主人公。读这些田园诗，是为了唤醒我们内心的一种状态。也许田园就在写字楼边，也许田园就在柏油路上，也许田园就在你一天疲惫工作之后，也许田园就在你远行归来的那个时分。

田园不独属于陶渊明，也同样属于李白、杜甫、辛弃疾。每一个人生命里面都有那样一些心情需要托付，托付给田园的时候，才会露出一种会心的微笑。不管我们多么匆忙，不管我们如何壮志凌云，不失去田园的人，才有充电的地方，有归属的人才有可能一次次出发，走得更远。

◆ 延伸阅读 ◆

唐 · 王维《使至塞上》

单车欲问边，属国过居延。
征蓬出汉塞，归雁入胡天。
大漠孤烟直，长河落日圆。
萧关逢候骑，都护在燕然。

唐 · 王维《终南别业》

中岁颇好道，晚家南山陲。

兴来每独往，胜事空自知。
行到水穷处，坐看云起时。
偶然值林叟，谈笑无还期。

唐·李白《赠孟浩然》
吾爱孟夫子，风流天下闻。
红颜弃轩冕，白首卧松云。
醉月频中圣，迷花不事君。
高山安可仰，徒此揖清芬。

唐·李白《下终南山过斛斯山人宿置酒》
暮从碧山下，山月随人归。
却顾所来径，苍苍横翠微。
相携及田家，童稚开荆扉。
绿竹入幽径，青萝拂行衣。
欢言得所憩，美酒聊共挥。
长歌吟松风，曲尽河星稀。
我醉君复乐，陶然共忘机。

唐·杜甫《客至》
舍南舍北皆春水，但见群鸥日日来。
花径不曾缘客扫，蓬门今始为君开。
盘飧市远无兼味，樽酒家贫只旧醅。
肯与邻翁相对饮，隔篱呼取尽余杯。

唐·杜甫《江村》
清江一曲抱村流，长夏江村事事幽。
自去自来梁上燕，相亲相近水中鸥。

老妻画纸为棋局，稚子敲针作钓钩。
但有故人供禄米，微躯此外更何求？

唐·杜甫《茅屋为秋风所破歌》

八月秋高风怒号，卷我屋上三重茅。茅飞渡江洒江郊，高者挂罥长林梢，下者飘转沉塘坳。

南村群童欺我老无力，忍能对面为盗贼。公然抱茅入竹去，唇焦口燥呼不得，归来倚杖自叹息。

俄顷风定云墨色，秋天漠漠向昏黑。布衾多年冷似铁，娇儿恶卧踏里裂。床头屋漏无干处，雨脚如麻未断绝。自经丧乱少睡眠，长夜沾湿何由彻！

安得广厦千万间，大庇天下寒士俱欢颜！风雨不动安如山。呜呼！何时眼前突兀见此屋，吾庐独破受冻死亦足！

南宋·辛弃疾《清平乐·村居》

茅檐低小，溪上青青草。醉里吴音相媚好，白发谁家翁媪？　大儿锄豆溪东，中儿正织鸡笼。最喜小儿亡赖，溪头卧剥莲蓬。

人生的山水

因为中国人很早就认识到个体的生命是短暂、有限的，他们才幻想着在有限的生命里，去追求无限的价值；在相对的存在中，去追求绝对的意义。千百年来，这种追求生生不息，无数诗人将对人生意义的寻寻觅觅，寄托在山水之间，踏遍千山，寻找一个俯视生活的视点。个体生命找到了这种载体，于是，他们开始走向山巅水涯。这种对生命意义的追寻，使中国诗人登临远眺的诗篇中表现出一种强烈的时空意识、宇宙意识和生命意识的融合。

◆ 引子 ◆

独与天地精神往来

水阔山长。先说一组大家很熟悉的诗。

李白在湖北宜都西北长江南岸的荆门山送别朋友时看到，“山随平野尽，江入大荒流。”这是李白眼里的山水。

王维泛舟汉江的时候说：“江流天地外，山色有无中。”这是王维那一刻的山水。

杜甫登上岳阳楼看到，“吴楚东南坼△，乾坤日夜浮。”这是杜甫看见的山水。

而韩愈呢？他看到了一幅清浅的山水风景，“江作青罗带，山如碧玉篸△△。”

每个人看山见水，都会留下自己的印象。我们说的这些诗，虽然个人观感不同，有一点是相似的——它们都是诗人真切地将身心投入山水之中才会产生的印象。个体生命找到了山水这个载体。水阔山高之间，人被山水托举，自然之美和主体之美融合，达到物我两忘的境界，完成人与自然交融的审美。

山水，成为人寄寓和滋养心灵的所在。

中国人对山水的审美，有着悠久的传统。庄子曾经说，“独与天地精神往来”。怎么样同往共来呢？在庄子那里有着几个层次，对外界事物的依赖程度越低，层次也就越高。最高的层次就是对外界事物完全没有依赖，只在自己一颗心里就可以逍遥无际、纵横无垠，这就是所谓“心有天游”；如果可以御风而行，看上去很逍遥，但对风总还是有所依赖的，所以这个层次就低一些；至于寄情山水，靠山水来纾解情绪，这虽然也是有所依赖，但对于普通人来说，这无疑是最便利的方式。是的，魏晋时

△ 坼（chè）：分裂，这里引申为划分。

△△ 篸（zān）：同簪。

期，世事无常，玄学盛行，人们一方面渴求庄子的“逍遥”，一方面认识到人生不自由的局限性，渴望超越，登临山水寄托怀抱就是最便利的方式。

◆ 延伸阅读 ◆

唐 · 李白《渡荆门送别》
渡远荆门外，来从楚国游。
山随平野尽，江入大荒流。
月下飞天镜，云生结海楼。
仍怜故乡水，万里送行舟。

唐 · 王维《汉江临泛》
楚塞三湘接，荆门九派通。
江流天地外，山色有无中。
郡邑浮前浦，波澜动远空。
襄阳好风日，留醉与山翁。

唐 · 杜甫《登岳阳楼》
昔闻洞庭水，今上岳阳楼。
吴楚东南坼，乾坤日夜浮。
亲朋无一字，老病有孤舟。
戎马关山北，凭轩涕泗流。

唐 · 韩愈《送桂州严大夫同用南字》
苍苍森八桂，兹地在湘南。
江作青罗带，山如碧玉篸。
户多输翠羽，家自种黄甘。
远胜登仙去，飞鸾不假骖。

◆ 诗歌详注 ◆

[三国]曹操《观沧海》

东临碣石[1]，以观沧海。
水何澹澹，山岛竦峙。[2]
树木丛生，百草丰茂。
秋风萧瑟，洪波涌起。
日月之行，若出其中；
星汉[3]灿烂，若出其里。
幸甚至哉，歌以咏志。[4]

[1] 碣（jié）石：山名，在现在河北昌黎。公元207年秋天，曹操征乌桓时经过此地。

[2] 澹澹（dàn）：水波荡漾的样子。竦（sǒng）峙：高高地挺立。竦，高。峙，挺立。

[3] 星汉：银河。

[4] 幸甚至哉，歌以咏志：这首《观沧海》属于乐府诗，在当时是用来配乐歌唱的，唱的时候最后照例都要唱“幸甚至哉，歌以咏志”，所以这八个字已经不属于诗的正文，曹操的原创正文是在“星汉灿烂，若出其里”就结束了。

◆ 知识点 ◆

中国诗歌有两大源头：一是代表中原文化的《诗经》，二是代表南方楚文化的《楚辞》。到了汉代，政府设立了专门的音乐机构，叫作乐府，乐府里的歌曲有相当一部分是四言，是属于比较典雅的一类，五言则是当时比较新兴的、流行的。曹操的诗，尤其是他的四言诗，写得非常质朴，没有任何华丽的语言，甚至可以说有点缺乏文采。年轻人更喜欢“人生若只如初见”“一寸相思一寸灰”这样的句子，读不出“东临碣石，以观沧海”有什么魅力。其实不止今天的年轻人，南朝钟

仰观宇宙之大，俯察品类之盛

我们的日常生活是一个平视的视角，觉得天高地阔，有很多东西都比我们伟大，都比我们辽远，一身渺渺，有的时候会觉得孤单和无助。登临山水，给了我们一个不同寻常的视点。当人在山之巅，在水之涯，有时候会真正体会到“仰观宇宙之大，俯察品类之盛，所以游目骋怀”的自由自在。正是因为中国人很早就认识到个体生命非常短暂，充满无奈与无常，所以他们才努力在有限生命中去追求无限的价值，在相对的存在中，去追求绝对的意义。这种追求生生不息，转化成山水之间寻寻觅觅的寄托。人们踏遍千山，寻找一个俯视生活的视点，这种对自然的皈依与眷恋，使山水诗表现出一种强烈的时空意识、宇宙意识和生命意识。

在中国的山水诗中，我们还发现一个奇妙现象：人在远眺空间的时候，往往也望穿了时光。空间成为一个载体，它越是辽阔，人对历史那种悠长隽永、肃穆庄严的体会也越深刻。无形的时光在有形的空间里可知可感，动魄惊心。中国的诗词上下联之间往往有着时空的关

嵘写《诗品》，把诗人分成上中下三品，曹操是被列入下品的，那个时候人们对这种质朴的风格就已经不很接受了。但只要我们了解曹操是怎样的一个人物，就会觉得假如他真的写出李商隐、纳兰性德那样的句子，反而会令人轻视了。

联，昆明大观楼那一副长联，上联开头“五百里滇池奔来眼底”是空间浩荡，下联开头“数千年往事注到心头”是历史沧桑。时空流转，瞬间模糊了边界，化为一体。

建安十二年（公元207年），曹操征讨东北的乌桓，终于扫清了袁尚、袁熙的势力，率领军队走到大海边，东临碣石山，写下了《观沧海》。这首诗又给了我们怎样一种天高地阔，怎样一种雄心壮志的震撼呢？

东临碣石，以观沧海。
水何澹澹，山岛竦峙。
树木丛生，百草丰茂。
秋风萧瑟，洪波涌起。

这一段描述气定神闲。我们今天写大海，往往会写出大海的波涛汹涌，写出它澎湃的浪花，但在曹操眼里，沧海是宁静、宏伟、辽阔的。所谓“水何澹澹，山岛竦峙”，一切隽永而恒定。仿佛一个安静的长镜头，诗人看到近处丰茂的草木，看到中景秋风的萧瑟，然后看

到远远的波浪逐渐涌起。这一番从容气度，是他的博大胸襟在客观的、自然的山水之间的折射。他在沧海洪波之中分明还看见了无涯的时空——

> 日月之行，若出其中；
> 星汉灿烂，若出其里。
> 幸甚至哉，歌以咏志。

日月星辰，天地往来，流光无形，生命有限。怎么样才能够在沧海蓝天之间，找到自己的托身之所？怎么样在宇宙无限的经纬里，找到人的生命坐标？

写这首诗的时候，曹操的人生正从豪迈的壮年踏入烈士的暮年，北方的战乱逐渐平息，他安定天下的雄心壮志完成了大半。在这个时刻，他看到了天地的浩阔，时间的永恒，日月星辰的轮转不息。他为自己能看到这些壮阔而骄傲，为身在其中而自豪，为在时空、历史中能够确立自己的位置而深沉喟叹，“幸甚至哉，歌以咏志。”时光与空间相互转换的密码就这样被开启了，杜牧登上乐游原望向苍穹，看见“长空澹澹孤鸟没，万古销沉向此中”，那些曾经跌宕于青史的辉煌与悲怆，都随孤鸟的划痕消失在无垠长空……苏东坡将目光投向滔滔长江，想见赤壁风云，“大江东去，浪淘尽、千古风流人物。”千古英雄的风神在一瞩目之间次第闪现，从波涛中凝定于眼前。而辛弃疾在北固亭上的凝望，却在一瞬之间把千古兴亡的喟叹投回了长江，“千古兴亡多少事？悠悠，不尽长江滚滚流！”而我们更熟悉的时空交错还是在李白的吟唱之中：“君不见黄河之水天上来，奔流到海不复回”，空间无穷；“君不见高堂明镜悲白发，朝如青丝暮成雪”，时光无情。而之所以能一眼望穿这一切，因为李白是位立于高处的诗仙。

每个人都有过登山观景的经历，但是我们可曾看过李白看见的这一切？“登高壮观天地间，大江茫茫去不还。黄云万里动风色，白波九道流雪山。”人在高山之上，看见大江的茫茫浩荡、人世的沧桑一瞬，看见万里黄云因风而快速幻化，白色的河流一道道环绕着雪山。这样的一个视点，相当于今天我们航拍才能看见的景色。李白为什么能够看见呢？我想，在山水中，李白真正地获得了自由，他的生命获得了飞翔的翅膀。一翅是酒，一翅是诗，他凭借着诗情和酒力，成为凡间的飞仙。

这就是登山临水时收获的空间感。在一个大坐标里，相同的事情会变小。那些纠缠焦虑，也许一直都在，但是把坐标放得更大，这些烦恼相对就变小了。

山川永远活在世界上，它们带着那些远古的心事，带着历代的风流人物，一步一步经历春夏秋冬，走进我们的生命里。让我们放下手边的琐事，带着这些诗篇去远游吧！给自己以自由，让生命拥有那样一种壮美，那样一种气度，那样一种浩荡的梦想。即使我们终归要回到城市，回到人际琐事中，然而，那个时刻，我们的心，已然被山水成全。

◆ 延伸阅读 ◆

唐 · 杜牧《登乐游原》

长空澹澹孤鸟没，万古销沉向此中。
看取汉塞何事业，五陵无树起秋风。

北宋 · 苏轼《念奴娇 · 赤壁怀古》

大江东去，浪淘尽、千古风流人物。故垒西边，人道是、三国周郎赤壁。乱石穿空，惊涛拍岸，卷起千堆雪。江山如画，一时多少豪杰！　　遥想公瑾当年，小乔初嫁了，雄姿英发。羽扇纶巾，谈笑间、樯橹灰飞烟灭。故国神游，多情应笑我、早生华发。人生如梦，一樽还酹江月。

南宋·辛弃疾《南乡子·登京口北固亭有怀》

何处望神州？满眼风光北固楼。千古兴亡多少事？悠悠，不尽长江滚滚流！　　年少万兜鍪，坐断东南战未休。天下英雄谁敌手？曹刘。生子当如孙仲谋！

唐·李白《庐山谣寄卢侍御虚舟》

我本楚狂人，凤歌笑孔丘。
手持绿玉杖，朝别黄鹤楼。
五岳寻仙不辞远，一生好入名山游。
庐山秀出南斗旁，屏风九叠云锦张，
影落明湖青黛光。
金阙前开二峰长，银河倒挂三石梁。
香炉瀑布遥相望，回崖沓嶂凌苍苍。
翠影红霞映朝日，鸟飞不到吴天长。
登高壮观天地间，大江茫茫去不还。
黄云万里动风色，白波九道流雪山。
好为庐山谣，兴因庐山发。
闲窥石镜清我心，谢公行处苍苔没。
早服还丹无世情，琴心三叠道初成。
遥见仙人彩云里，手把芙蓉朝玉京。
先期汗漫九垓上，愿接卢敖游太清。

◆ 诗人简介 ◆

曹操（155—220），即“魏武帝”。三国时政治家、军事家、诗人。字孟德。善诗歌，有《蒿里行》《观沧海》《龟虽寿》等篇。散文亦清峻整洁。著作有《魏武帝集》，已佚，有明人辑本。今有整理排印本《曹操集》。

五岳寻仙不辞远，一生好入名山游

李白一生喜欢登临。他的《山中问答》：“问余何意栖碧山，笑而不答心自闲。桃花流水窅然△去，别有天地非人间。”如果有人问他为什么如此爱山川，他会笑而不答。因为这山中的桃花自在，流水汤汤，没有自在闲情的人，怎么会明白得了？所以，李白遇见山川，是生命里的一段夙缘。这样的人，山才真正接纳他。

他望见的不是人间的规则藩篱，他望见的是生命永恒的超越。

贺知章当年看到《蜀道难》，惊呼李白是“谪仙人”。《蜀道难》充满了浪漫传奇，李太白写下的《梦游天姥△△吟留别》也是一样。诗中所言，是梦幻，也是仙境。

起笔就那么悠远，那么缥缈，“海客谈瀛洲△△△，烟涛微茫信难求。越人语天姥，云霞明灭或可睹。”瀛洲这座神山也许是找不到的，但是“越人”告诉我，天姥山虽然掩映在云霞之间，却还看得见。“天姥连天向天横，势拔五岳掩赤城。天台△△△△四万八千丈，对此欲倒东南倾。”那高耸入云，横向天外的天姥山啊，山势险峻超过五岳，盖过赤城山，四万八千丈的天台山，对着峭拔的天姥山就好像要朝着东南倾斜拜倒一样。真是想不出来还有谁能够用这样的笔触去写一座山！

△ 窅（yǎo）然：深远的样子。

△△ 天姥（mǔ）：山名，在浙江新昌东面。传说登山的人曾经听到仙人天姥的歌声，山因此得名。

△△△ 瀛（yíng）洲：传说中的海上三座仙山之一，另两座叫蓬莱、方丈。

△△△△ 天台（tāi）：山名，在今浙江天台县北。

他一定要飞到那个传说中的遥远的地方去看一看——“我欲因之梦吴越，一夜飞度镜湖月。”别人眼中的山，有松，有石，有云，有雾，而李白看见的却是一段神话：“青冥浩荡不见底，日月照耀金银台。霓为衣兮风为马，云之君兮纷纷而来下。”日月同辉，晶莹璀璨，披霓为衣，御风为马，一位位神仙纷至沓来，“虎鼓瑟兮鸾回车，仙之人兮列如麻。” 景色瑰奇，异彩缤纷，以至于惊心炫目！

李白真的是个神仙吗？他之所以被我们亲近，是因为他讲完这一段绘声绘色的浪漫传奇之后，带着那种毫不掩饰的纯真，转身又回来了。

“世间行乐亦如此，古来万事东流水。别君去兮何时还，且放白鹿青崖间，须行即骑访名山。”就算当了神仙，就算见识了那一切，享受了那一切，又怎么样？天上的神仙生活，不过是人间行乐生活的翻版。无论是天上的神仙，还是人间的世俗，形同逝水东流，都不是永恒，终有消逝的时候。仙境如幻，恍如一梦间，寻仙，入仙，认识到仙的本质，然后是对仙的超越。正是因为经历过神仙的美好，正是因为享受过人生的鲜艳，才会知道，无论功名利禄，还是虚无缥缈的仙道，都不值得追逐。真正值得过的生活，是率性、天真、不扭曲地做自己，“安能摧眉折腰事权贵，使我不得开心颜！”李白这种超越的视点，不仅仅因为他站得高，不仅仅因为他的视野大，更是因为他的心性高，因为他的气魄大。

李白笔下，也有宁静的山。他跟山川之间的天真挂念，就像他的小诗中说的那样：

◆ 诗歌详注 ◆

[唐]李白《独坐敬亭山》

众鸟高飞尽，孤云独去闲。

相看两不厌，只有敬亭山。[1]

[1] 相看两不厌：读作“相看（kàn）两不（bù）厌”。敬亭山：宣州（今安徽宣州市郊）的一座名山。原本叫作昭亭山，晋朝初年为了避晋文帝司马昭的名讳，改称敬亭山。

◆ 知识点 ◆

这首诗写得很巧妙，李白说自己独自坐在敬亭山上，天上的鸟都飞走了，就连最后的一片云也越飘越远，一切都离自己远去了，最后发现只有敬亭山还陪着自己，相处到最后彼此都不感到厌倦的也只有自己和敬亭山了。其实这个意思正是“人生若只如初见”的意思，人和人相处是一件很难的事，一开始的彼此欣赏、投契和激动随着时间的流逝渐渐淡了，继而不是你厌了我，就是我厌了你，甚至是彼此都看厌对方了。

尤其是李白这样的人，性格孤傲，恃才放旷，你可以欣赏他的才华，但你很难和他相处。所以李白处处树敌，朋友越来越少。他当然不觉得这里边有自己什么问题，但别人的敌意和疏远他毕竟还能感觉得到，终于也只能感慨“相看两不厌，只有敬亭山”了。这种境界，我们可以理解为豁达，也可以理解为孤独。

那么，“相看两不厌”的为什么偏偏是敬亭山呢？不是因为这里的风景特殊，而是因为李白最仰慕的诗人，即南朝诗人谢朓，做过宣城太守，敬亭山就在宣城一带，谢朓当年常来这里游玩。李白喜爱敬亭山，在这里他能够感觉到与谢朓精神相

众鸟高飞尽，孤云独去闲。

相看两不厌，只有敬亭山。

一个人与一座山之间深情地凝眸，彼此没有满足。这种感情，就如同后来辛弃疾说：“我见青山多妩媚，料青山、见我应如是。”他看青山这么美好，青山眼里的他也应该是这样吧？人和山之间，有了这样一种亲近的托付，有了这种朋友一样可以言说的情感，才是真正融合了。

为什么我们有些人登山会觉得没意思，甚至觉得很累？其实不是身体上的感受，而是心累。在登山的时候，你的心没有敞开，没有接纳，所以就缺少发现和感动。现在很多名山风景区都有缆车，一张票，半小时就上去了，赏个景照个相又回来了。登山，变成了一个目的，而不是一个过程。其实在移步登临的过程中，游目骋怀，只是一个自然的状态，不是目的，风景自然地涌入眼中、心里，没有预设，没有希求，蓦然相遇，皆是自然的赐予。登山的过程，就是这个发现和享受的过程，是完全放弃自己的身份标签，身心完全投入山水，被山水接纳的过程。李白的山，都是他一步一步走过的。他能够看见与众不同的风景，是因为他在山川中的时光特别久。

◆ 延伸阅读 ◆

唐 · 李白《梦游天姥吟留别》

海客谈瀛洲，烟涛微茫信难求。
越人语天姥，云霞明灭或可睹。
天姥连天向天横，势拔五岳掩赤城。
天台四万八千丈，对此欲倒东南倾。
我欲因之梦吴越，一夜飞度镜湖月。
湖月照我影，送我至剡溪。
谢公宿处今尚在，渌水荡漾清猿啼。
脚着谢公屐，身登青云梯。
半壁见海日，空中闻天鸡。
千岩万转路不定，迷花倚石忽已暝。
熊咆龙吟殷岩泉，栗深林兮惊层巅。
云青青兮欲雨，水澹澹兮生烟。
列缺霹雳，丘峦崩摧。
洞天石扉，訇然中开。
青冥浩荡不见底，日月照耀金银台。
霓为衣兮风为马，云之君兮纷纷而来下。
虎鼓瑟兮鸾回车，仙之人兮列如麻。
忽魂悸以魄动，恍惊起而长嗟。
惟觉时之枕席，失向来之烟霞。
世间行乐亦如此，古来万事东流水。
别君去兮何时还，且放白鹿青崖间，须行即骑访名山。
安能摧眉折腰事权贵，使我不得开心颜！

南宋 · 辛弃疾《贺新郎》

邑中园亭，仆皆为赋此词。一日，独坐停云，水声山色，竞来相娱。意溪山欲援例者，遂作数语，庶几仿佛渊明思亲友之意

接。那么不妨试想一下，假如谢朓和李白生活在同一个时代，天天在一起把酒论文，两个人会不会一直“相看两不厌”呢？对这个问题，我们还是抱以最善意的揣测好了。

云。　　甚矣吾衰矣。怅平生、交游零落，只今余几！白发空垂三千丈，一笑人间万事。问何物、能令公喜？我见青山多妩媚，料青山、见我应如是。情与貌，略相似。　　一尊搔首东窗里。想渊明、《停云》诗就，此时风味。江左沉酣求名者，岂识浊醪妙理？回首叫、云飞风起。不恨古人吾不见，恨古人、不见吾狂耳。知我者，二三子。

◆ 诗歌详注 ◆

[唐]孟浩然《与诸子登岘山》[1]

人事有代谢，往来成古今。
江山留胜迹，我辈复登临。
水落鱼梁浅，天寒梦泽深。[2]
羊公碑尚在，读罢泪沾襟。[3]

[1] 诸子：诸位先生。岘（xiàn）山：又名岘首山，襄阳名胜。

[2] 鱼梁：即鱼梁洲，是东汉隐士庞德公的隐居之处。孟浩然非常仰慕庞德公。称诸葛亮为卧龙，称庞统为凤雏，始自庞德公；庞统是庞德公的侄儿，诸葛亮的姐姐是庞德公的儿媳；庞德公对这两位晚辈的成才起了至关重要的作用，诸葛亮很可能就是庞德公的学生。庞德公虽然是隐士，但庞家是当时襄阳、荆州一带的大家族，当地几大家族互相通婚，地方势力很大。刘表割据荆襄的时候，很倚重当地大族，好几次礼聘庞德公，但庞德公坚持隐居，不肯为刘表效力，最后带着家人到鹿门山采药，从此不出鹿门山，而仰慕庞德公的孟浩然也选了鹿门山作为自己的隐居之所。

梦泽：洞庭湖北岸一带，古时有云、梦两处大泽，合称为云梦泽。

[3] 羊公：即西晋的开国元勋羊祜。羊祜曾经坐镇襄阳，常到襄阳附近的岘山上饮酒赋诗。有一次在登山饮酒时对同行的人感叹说："这座山自从有天地起就有了，自古以来不知有多少贤人像我们今天一样登山游赏，但这些人全都湮灭无闻了，想到这里真是令人悲伤啊。"羊祜并没有湮灭无闻，他在襄阳做了很多好事，所以在他死后，襄阳的老百姓在岘山为他树碑立庙。人们每次看到石碑，想到羊祜当年的德政，都不免落泪，所以这块石碑被称作堕泪碑。

海到尽头天作岸，山登绝顶我为峰

登高，有人抒怀悼故，有人怀远思乡；有所望的人是望人望乡，无所望的人看见深沉的生命意义。其实，人登高只不过是望见了苍茫，视觉上那种朦胧应和了人心里的迷思，物境的高旷又与自己心志的高远暗暗地契合，强烈感受到天地无穷，人间一瞬。这种无穷跟有限，且悲且壮。

这种无穷与有限强烈反差的瞬间，就如同陈子昂站在幽州台上的追问，"前不见古人，后不见来者。念天地之悠悠，独怆然而涕下。"△这个时刻是孤绝的，但生命因为孤绝之境而获得隽永深沉的反省；这一瞬间充满迷思，但这种超越世间功利关系之上的迷思本身就是一份永恒。

孟浩然是李白的好朋友，有一天他和朋友们登上岘山。"人事有代谢，往来成古今。江山留胜迹，我辈复登临。"真喜欢这四句诗，看穿"人事有代谢"，明白"往来成古今"，就算是一切走远了，又有什么呢？毕竟

△ 唐 · 陈子昂《登幽州台歌》。

江山留下了这些胜迹。“我辈复登临”，今天登一座山，上一座楼，难道没体会到那一块一块砖的夹缝中都隐匿着惊心动魄的传奇吗？曾经有多少人在我们之前登临，在这里大笑过，在这里饮泣过，在这里哭号过，在壁上奋笔疾书留下过诗篇。在我们终于有缘登临的这一刻，山川楼台收藏的那些诗意澎湃激荡，扑面而来。

“水落鱼梁浅，天寒梦泽深。羊公碑尚在，读罢泪沾襟。”岘山就在孟浩然的老家湖北襄阳县内，鱼梁是一个小沙洲，云梦泽就是现在的洞庭湖一带。孟浩然求仕不遇，心里苦闷，登山看见羊祜的碑，想到羊祜当年镇守襄阳时，常与友人到岘山饮酒赋诗，曾经感慨“登此远望如我与卿者多矣，皆湮灭无闻，使人悲伤”。而今人们因为羊公的美德树碑以为纪念，诗人细读羊公碑，庆幸他的功业德行并没有因为历史的变迁而被遗忘，更感慨唏嘘自己的寂寂无闻。江山永在，人们因为自己的多情，一次次用热泪涤荡了江山。

中国的千古诗人中，用热泪涤荡江山的一

知识点

“水落鱼梁浅，天寒梦泽深”一联虽然是直写登临所见，却也隐隐表现着孟浩然内心的纠结。鱼梁洲和云梦泽都是归隐的好去处，但一浅一深，一水落一天寒，让人感觉已隐的人应该出来，未隐的人不该进去。最后归结为“羊公碑尚在，读罢泪沾襟”，还是从政为官，留下百世不灭的功绩和美名为好。

位最深情的代表，就是杜甫。

二十四岁时，贡举落榜，怀才不遇的杜甫离开长安，来到山东，看望当时做兖州司马的父亲杜闲，随后在齐鲁大地漫游，写下《望岳》。年轻的杜甫少年意气，胸怀天下，被五岳之尊的泰山宏大气势震撼，辽阔的视野随即开拓出来，“岱宗夫如何？齐鲁青未了△。”这座秦皇汉武封天禅地的巍巍高山，它到底是什么样子呢？它的青色在齐鲁广大区域内都能望见。“造化钟神秀，阴阳割昏晓。”真的是大千造化，造出如此神秀的山峦！看到山南的青翠是明亮的，像早晨的霞光，山北的青翠是沉郁的，像黄昏的暮色。同一个静止的时刻，风景竟是迥异的。此一刻，“荡胸生曾△△云，决眦△△△入归鸟。”山峦层云迭出，胸中长风浩荡，自己的心胸中仿佛也弥漫充盈着无际的云层……飞鸟从远方直扑山巅，我的眼睛想容纳飞鸟的翱翔，眼眶几乎都睁裂了！

一个人与云朵、飞鸟、山峦都能融为一体的时候，他才能够真正懂得“会当凌绝顶，一览众山小”的境界。孔子登东山而小鲁，登泰山而小天下。每上一重山，视界拓展一个层次，就会看淡一点世间纷纭，人的精神境界也会随之产生变化。

泰山顶上有一副楹联：“海到尽头天作岸，山登绝顶我为峰。”大海有边，它的尽头真的是岸吗？还是苍天为岸能够延展到无垠。登上了山巅，人与山融为一体，山巅的孤独的个人，转变为山的一部分，大山把人融合成了自己的顶峰，这叫作“山登绝顶我为峰”。登山在中国人的观念中，不是一种人对自然的征服，而是人对自然的寻访，同时也是自然对人的接纳与成全。只有经过改造的眼睛，才能一览群山的渺小；只有经过改造的心胸，才能容纳山川的壮丽

△ 未了（liǎo）：不尽。

△△ 曾：通“层”。

△△△ 决眦（zì）：眼角（几乎）要裂开。眦，眼角。

雄奇；只有经过与自然的合而为一，人在登山的时候，内心才会充满敬畏、谦卑与感恩。

我记得小的时候遇到一些过不去的事情，曾经问我的老师："如果一个绳子打了死结，怎么努力都解不开，该怎么办呢？"以我当时的经验，解开这个扣或者斩断它，是仅有的两条出路。而我的老师告诉了我第三条路，他说："你没到过农村，我们小时候搓麻绳也会遇到一团乱麻，解是解不开的，但是你也没必要把它扔了，我的经验就是找更多的麻把它裹进去，拧一条粗麻绳。"这样朴素的道理我记了很多年。当我们有过不去的小事时，让自己的生命变得更开阔，在一个大坐标里小事就不成回事了。在登临中，在山水间，当云扩展了我们的心胸，当鸟拓展了我们的视野，不知不觉间，我们就把生活拧成了一条结实的粗麻绳。

◆ 延伸阅读 ◆

唐 · 杜甫《望岳》

岱宗夫如何？齐鲁青未了。
造化钟神秀，阴阳割昏晓。
荡胸生曾云，决眦入归鸟。
会当凌绝顶，一览众山小。

◆ 诗人简介 ◆

陈子昂（659—700），唐文学家。字伯玉。于诗标举汉魏风骨，强调兴寄，反对柔靡之风。是唐代诗歌革新的先驱，对唐诗发展颇有影响。于文反对浮艳，重视散体。

花近高楼伤客心，万方多难此登临

除了登山，杜甫也爱登楼，他的一生度过了很多楼上的时光。

也许相比于山川，登楼时更多了一些忧伤闭锁的意象。因为山是天地自然之物，是开放空间，所以一登山就壮观天地间，一览众山小；但楼是人造之物，是封闭空间，所以人在楼上，往往感觉到的是一种隔绝。就是疏狂如李太白，他也要说“平林漠漠烟如织，寒山一带伤心碧。暝色入高楼，有人楼上愁”。他也知道一登楼便有忧伤。

公元764年，安史之乱已经平定，流浪入蜀的杜甫已经在此客居四年多。此时，他是多么想要回到长安。可是收复后的长安又遇到了新的问题，吐蕃叛乱，藩镇割据，宦官专政，一波未平一波再起，大唐依旧在风雨飘摇中，内忧重重，外患连连。

“花近高楼伤客心，万方多难此登临。”八年安史之乱过后，万方多难，在这样一个蓬勃的春天，独自登临，眼见鲜花繁茂，蓦然伤心。这就叫作“以乐景写哀，倍增其哀”△。

△ 出自王夫之《姜斋诗话》。

◆ 诗歌详注 ◆

[唐]杜甫《登楼》

花近高楼伤客心，
万方多难[1]此登临。
锦江春色来天地，
玉垒浮云变古今。[2]
北极朝廷终不改，
西山寇盗莫相侵。[3]
可怜后主还祠庙，
日暮聊为《梁甫吟》。[4]

[1] 万方多难：杜甫写这首诗的时候，安史之乱刚刚结束，但是社会动乱仍在继续。当初唐朝为了对抗安史叛军，向吐蕃请求军事援助，而吐蕃虽然帮助唐朝平定了叛乱，但也带来了很多新的麻烦。不久之前，吐蕃纵兵在长安烧杀抢掠，还赶走了唐代宗，擅自为唐朝立了新皇帝。名将郭子仪好不容易平定了长安，护送唐代宗重新登基，但吐蕃军队又在四川侵占了许多州县。这种种事件，就是杜甫所谓的“万方多难”。

[2] 锦江：发源于四川都江堰市，流经成都西南入岷江。杜甫草堂在锦江附近。这句的意思是锦江两岸蓬蓬勃勃的春色铺天盖地而来。玉垒：山名，在都江堰市西北面的茂县。这句的意思是玉垒山上的浮云，古往今来，千形万象，变幻不定。

[3] 北极：代指政府中枢。“北极朝廷终不改”是指当时吐蕃为唐朝另立新皇帝，而郭子仪终于帮助唐代宗回京复位之事。“西山寇盗”是指吐蕃就在这一年的年底入侵了唐朝的西山诸州。

[4] 可怜后主还祠庙，日暮聊为《梁甫吟》：这一联说得比较隐晦，是把唐代宗比作了蜀汉后主刘禅，所谓“可怜后主还祠庙”，是可叹后主刘禅那样无能的君主，竟还在庙中享受祭祀。祠庙：供奉祖

先的房屋。《梁甫吟》：古乐府曲名，诸葛亮在隐居的时候很喜欢吟唱《梁甫吟》。杜甫觉得唐代宗虽然侥幸保住了政权，但恐怕没有力量来振兴唐朝，朝廷里也没有诸葛亮那样的贤臣。

◆ 知识点 ◆

杜甫是在成都写下这首诗的，写的内容表面上是登高所见，但每一处所见的背后莫不含有时事的背景，也莫不寄托着诗人对时局的关注。杜甫的七律每每写得境界阔大，虽然只是寥寥五十六个字，但读起来就像在读一首宏大的史诗，这是因为他的心胸和眼界都大，登高伤怀的不是个人的悲欢离合，而是国家的命运和正道的兴废。

山河不管伤心事，依旧春来，依旧花开，但是这季节的变化、景色的变化之中，人世间已经产生多少生离死别的故事，江山故人又有着怎样的变迁、怎样的飘零呢？楼头纵目，明媚的春光和严峻的时局从空间中滚滚而去。“锦江春色来天地，玉垒浮云变古今。”眼前，锦江的春色在天地之间如此饱满丰盈，不由使人想起古今轮回的故事，玉垒是四川灌县的一个地名，在唐朝时，这里是四川和吐蕃之间的交通要道。而眼下的时局动荡又再现了历史，吐蕃再兴叛乱，这一切浮云变幻，令人感慨万千。

杜甫的身上总是昂扬着一股凛然正气，“北极朝廷终不改，西山寇盗莫相侵。可怜后主还祠庙，日暮聊为《梁甫吟》。”诗人知道郭子仪已经收复长安，代宗已经还朝，叛乱已经暂时平定，但是他还有隐忧。后主是指三国蜀汉时候的刘禅，当时岌岌可危的蜀汉朝廷，不正如同现今的大唐吗？《梁甫吟》是古代用作葬歌的一支民间曲调，音辞悲切凄苦。在这里，时空形成了多重交叠。杜甫多么喜欢诸葛亮，视他为自己生命的榜样，他也曾经喟叹诸葛亮的身世，“出师未捷身先死，长使英雄泪满襟。”他当然也能够深深体会诸葛亮沉郁的忧伤惆怅，看着这样一个飘摇的江山，心中藏着无尽的隐忧，这就是他的登楼。

风急天高猿啸哀，渚清沙白鸟飞回。
无边落木萧萧下，不尽长江滚滚来。
万里悲秋常作客，百年多病独登台。
艰难苦恨繁霜鬓，潦倒新停浊酒杯。

杜甫的《登高》，古今推为七律之首。“风急天高猿啸哀，渚清沙白鸟飞回。”风是急风，天是高天，听到的猿啸之声，哀哀啼鸣；白净的沙洲上，只有宿鸟徘徊——这是何等迷离的意象。“无边落木萧萧下，不尽长江滚滚来。”既是写景，又蕴含着深刻的寓意。落木萧萧，老去的是年华，凋敝的是历史；长江滚滚，扑面而来的是未来，是一代一代不可阻止的更迭。流光远逝，曾经辉煌的历史破碎了，他曾经歌颂的那个“忆昔开元全盛日，小邑犹藏万家室”，而今不复存在。当年泰山上凌绝顶的诗人意气风发，现在已经垂垂老矣。面对山川，他轻声诉说自己的身世，“万里悲秋常作客，百年多病独登台。”作客他乡，不得归去，独自登台，孤寂深沉，又哪堪抱病之身！

杜甫的这一首诗，结句极其顿挫，“艰难苦恨繁霜鬓，潦倒新停浊酒杯。”一生的艰难困顿，人世的沧桑苦难，鬓发全部染上了霜雪；就这么一点点聊慰残生的杯中之物却又要因病而戒掉了。

登高是重阳节的一种庆典，但对于杜甫来讲，他在夔州登高那一刻，内心有一种深深的伤痛。他常年的漂泊，他老病的孤愁，都在这一刻慷慨激越，迸射而出。在美丽秋江风景的衬托下，他的家国心事越发哀伤。这首诗被称作冠绝古今的“七言第一”，除了章法精妙，一篇之中句句皆律，将七律这一诗歌形式发挥到美的极致，还因为这首诗的深刻的悲怆回旋千古，后人难以超越。

◆ 延伸阅读 ◆

唐·李白《菩萨蛮》

平林漠漠烟如织，寒山一带伤心碧。暝色入高楼，有人楼上愁。　　玉阶空伫立，宿鸟归飞急。何处是归程，长亭更短亭。

唐·杜甫《蜀相》

丞相祠堂何处寻，锦官城外柏森森。
映阶碧草自春色，隔叶黄鹂空好音。
三顾频烦天下计，两朝开济老臣心。
出师未捷身先死，长使英雄泪满襟。

唐·杜甫《忆昔二首》（其二）

忆昔开元全盛日，小邑犹藏万家室。
稻米流脂粟米白，公私仓廪俱丰实。
九州道路无豺虎，远行不劳吉日出。
齐纨鲁缟车班班，男耕女桑不相失。
宫中圣人奏云门，天下朋友皆胶漆。
百余年间未灾变，叔孙礼乐萧何律。
岂闻一绢直万钱，有田种谷今流血。
洛阳宫殿烧焚尽，宗庙新除狐兔穴。
伤心不忍问耆旧，复恐初从乱离说。
小臣鲁钝无所能，朝廷记识蒙禄秩。
周宣中兴望我皇，洒血江汉身衰疾。

◆ 诗歌详注 ◆

[唐]杜甫《江汉》

江汉思归客，乾坤一腐儒。[1]
片云天共远，永夜月同孤。[2]
落日心犹壮，秋风病欲苏。[3]
古来存老马，不必取长途。[4]

[1] 江汉思归客，乾坤一腐儒：写这首诗的时候，五十六岁的杜甫正流寓在湖北一带，生计艰难，想要北归，却觉得希望渺茫。杜甫一生坚守儒家思想，想要“致君尧舜上，再使风俗淳”，但在残酷的现实中屡屡碰壁，不但理想实现不了，就连基本生活也难以为继，所以每每会发牢骚，会有些激愤语，这里自称“腐儒”就是这种心态所致。

[2] 片云天共远，永夜月同孤：这两句都是倒装句。意思是说，我和一片孤云一道漂泊，远远地漂泊到天边；在难眠的夜里，只有月亮陪伴着孤独的我。

[3] 落日心犹壮，秋风病欲苏：这里以“落日”比喻暮年，说自己虽然已到暮年，但年轻时的志向并没有低迷，当秋风吹起的时候，非但没有感到悲凉，反而觉得惬意，疾病仿佛都要好起来了。苏：康复。

[4] 古来存老马，不必取长途：这里用到一则典故。齐桓公讨伐孤竹国，归途中迷了路，管仲建议把老马安排在队伍最前边，让它们自己走，大队人马紧跟着这些老马。结果，老马识途，把队伍引到了正确的路上。杜甫是说自己虽然老了，很多事情比不过年轻人，但也有独到之长，希望能继续为国家效力。

◆ 知识点 ◆

每种文体都有各自的特点。诗歌切

飘飘何所似？天地一沙鸥

我们说在空间中往往交融着时光，一个人的空间往往是他的经历在高处凝定出来的风景。如果没有这样的坎坷，他又怎么会有这样的喟叹？“江山留胜迹，我辈复登临。”很多地方，很多人都到过，但每个人登临的况味不同，眼中之景、心中之境和诗中的意味就大不相同。一座著名的岳阳楼，在每个诗人的眼中，都有不同的色彩。

杜甫登上岳阳楼，已经是在他生命终结的前两年（公元768年），那个时候他真的是一个老病之人了。“昔闻洞庭水，今上岳阳楼。吴楚东南坼，乾坤日夜浮。”一个真正伟大的诗人，在成长中不断地扬弃，身躯可能会越来越孱弱，但精神会越来越蓬勃；容颜会堆积越来越多的皱纹，但心胸会变得越来越辽阔。杜甫就是如此。早就耳闻洞庭水浩渺、岳阳楼壮观，今天终于登上了岳阳楼，纵目四望，辽阔的吴、楚大地被浩渺湖水分开，日月乾坤就这样日夜漂浮在水波之上，辽阔苍茫。

“亲朋无一字，老病有孤舟。”整整一年，杜甫都飘零在一条孤舟之上。这样一个总想归乡的人，身后四十三年，才由孙子把他的灵柩送回故乡。他所感叹的一世飘零是真飘零，孤舟是他能够找到的唯一的托身之所。一叶孤舟，在烟波浩渺的洞庭水上，如一片随波的落叶，那么无助，那么孤零。但他会因为这种悲凉，而意气低迷吗？他心中记挂的更多还是国难，他最深处的忧患还在社稷江山，“戎马关山北，凭轩涕泗流”，战争还在继续，大唐还在守疆，想到这一切，双泪长流，只为这样的苍茫世相。

一座一座的山登上来，一步一步的坎坷走过去，杜甫有一种罕见的空间意识，使得他不登高时也能视界宏阔。哪怕局促在一只小船里、一间茅屋中，你也会觉得他的生命气象是辽阔的。杜甫毕生没有做过高官，没有享过荣华富贵，生前也并没有收获太多肯定和荣誉，他为什么会有如此的境界呢？我想这一定跟他爱登临有关。因为他上的楼多，登的山高，所以他的空间意识总能够把一种生命的崇高感、尊严感调动出来，让自己的气息提高到与山、与楼同等境地，流露出一派端庄气象。

忌写成论文，通篇都在说理，逻辑很严密，但不会打动人；论文切忌写成诗歌，用一堆比喻和象征，画面感很强，但逻辑松散，概念不清。那么，论文要想写成论文，就要注重逻辑推理；诗歌要想写成诗歌，就要注意语言的形象化，或者说是语言的画面感。所以，前人之所以有“诗中有画，画中有诗”的说法，是因为诗歌和绘画有相通之处，两者都追求画面感，都会以形象化的语言来打动人心。“乾坤一腐儒”，这就是画面感很强的句子，让你仿佛看到在天地苍茫之下，一个倔强的老者是如何孤独无依，又是如何坚守着理想。

江汉思归客，乾坤一腐儒。
片云天共远，永夜月同孤。
落日心犹壮，秋风病欲苏。
古来存老马，不必取长途。

这首《江汉》也是杜甫去世前两年写的。“江汉思归客，乾坤一腐儒。”这十个字概括了他的一生。他是谁呢？他是远方思归的客子，他是乾坤之间一介迂腐的儒生，如此而已。“片云天共远，永夜月同孤。”家很远，思念很长，但是有天涯一片云做伴，心托付在上面，思绪就跟它一样延伸到了远方。长夜不寐，心很凄苦，但就在耿耿长夜中，仍有明月孤悬在天上，做一份孤单的见证。“落日心犹壮，秋风病欲苏。”虽然这么大年龄，日薄西山，但是他知道他壮志未酬，他没有放下。他看到秋风乍起，想到秋高马肥，正是征战的季节，觉得自己的病快要好了。落日秋风往往都是人生的萧瑟之景，而在杜甫的暮年，却是豪迈的意象。尽管经历了那么多磨难，杜甫还有一份不甘，雄心犹在，觉得自己还有未来，“古来存老马，不必取长途。”这样的诗，空间感不大吗？乾坤仍然在他的把握中。

这就是杜甫和陶渊明不同的地方。他是一个烈士，用他自己的话来讲他的一生是“奉儒守官”，家学习染，他受儒家的教育太深了。他的这种烈士之心与陶渊明的高士之心，表现在对时光的不同态度上。在时光中抗争，这是烈士；在时光中顺应，这是高士。抗争者为了一份意义，而顺应者为了一份逍遥。我们不能说孰高孰低，其实是殊途而同归，他们的不朽都是因为他们真正地践行了自己的真诚。

比《江汉》早三年的《旅夜书怀》，是他离开成都草堂，乘舟东下时写的。“细草微风岸，危樯独夜舟。”他是怎么出蜀的呢？他是在那样一叶扁舟上，竖着高高的桅杆，沿着细草微风的岸边一点一点漂流出来的。他眼前的风景，是

“星垂平野阔，月涌大江流”。星星寥落地散布在天际线上，平野伸展，与星空趋于合一，越发辽阔；月光皎皎，随着江水涌动，滚滚东流。他很清楚自己这一生的追求和挫折，“名岂文章著，官应老病休。”就是写得一手好文章，但是因为文章而留下的名声岂是他所追求的？他所追求的是建功立业啊，但是他的仕途一直坎坷，被迫辞官，只得收拾起济世的雄心，漂泊江湖。在浩渺的大江之上，在寂静的夜晚，他独自思索，天地万物之间，他是怎样一个生命呢？“飘飘何所似？天地一沙鸥。”他不过就是一只普通的沙鸥，飞翔在浩渺的天地之间。

在杜甫的诗里，永远有着无尽的孤独之感。但换个角度看，沙鸥也自有其地阔天高的。我为什么特别希望今天的人拿出更多的时间去登临呢？登楼也罢，登山也罢，尽可能走到我们可以抵达的更高处，因为它能够给我们空间感。也许我们居于斗室，也许我们会觉得身边的一切都是拥挤的，狭隘的，但是一个人的心可以有无穷空间。杜甫说自己是腐儒，但他是“乾坤一腐儒”；说自己是沙鸥，但他是“天地一沙鸥”。天地、乾坤永远是他的坐标，这就是空间感。

落日楼头，栏干拍遍

我们今天读诗词，会把辛弃疾当作豪放派最典型的词人，他的祖父辛赞曾经在金朝的开封做过知府，他自己完全可以再去做金朝的官，但是他却一生力主抗金。他二十岁的时候在山东老家，就曾经集结两千人，加入耿京的起义大军。三年以后，耿京的军中出了一个叛徒张安国，杀死了耿京，解散了义军。辛弃疾带着自己身边仅有的五十多人，杀入金人的重重包围之中，活捉了张安国，束马衔枚，夜行疾驰，一路奔回了南宋的领地，到临安把张安国斩首。那一年辛弃疾只有二十三岁。这样一个人，你能只把他看作一个文弱书生吗？

看看他的登楼，看看他的气概。辛弃疾登上京口北固山的北固亭，一眼望断长江。他的《南乡子·登京口北固亭有怀》，“何处望神州？满眼风光北固楼。千古兴亡多少事？悠悠，不尽长江滚滚流！”还有什么地方能去望见他的神州啊？有多少中原大地已经在异族的铁蹄之下了，此一刻此一地，满眼北固亭楼头的风光，望见了古今的那些兴亡，悠悠远去，眼前只有这带走了千秋往事的不尽长江。

在另一座著名的楼上，辛弃疾的心事百转千回：“我来吊古，上危楼，赢得闲愁千斛△。”十斗是一斛，千斛得是多少？他给自己的忧愁一个量词，让后世读到的人望向天际，细细铺开千斛忧思。他上这个高高的楼头来吊古，忽然觉得心头被那么多的怅惘满满地堵塞住了。“虎踞龙蟠何处是？只有兴亡满目。”建康，如今的南京，一直被称为虎踞龙蟠的帝王之都。而今纵目四望，看到的只是破碎的山河，朝代的兴亡。“柳外斜阳，水边归鸟，陇上吹乔木。”斜阳在袅

△ 斛（hú）：量器名，亦容量单位。

袅烟柳外，水边有觅食的飞鸟缓缓归来，风吹着陇上的乔木黄叶萧萧。“片帆西去，一声谁喷△霜竹？”水上孤帆西去，不知什么人，吹起一声笛子的悲鸣……这一刻所有的忧伤无法言说，这半阕词，悠悠喟叹着自己一眼望见的古今兴衰。

还是在建康赏心亭上，他还有另外一首最著名的词，《水龙吟·登建康赏心亭》。“楚天千里清秋，水随天去秋无际。”长江水里流淌着光阴，远远望去，徐徐展开的是又一个辽阔的清秋季节。“遥岑远目，献愁供恨，玉簪螺髻。”那些小山，因为离得太远，望过去有的像美女头上的螺髻，有的像横陈的一支支玉簪。这么灵秀的江南山水，在他看来不过是“献愁供恨”而已。只有江山见证了兴亡，虽然江山不改颜色，但在这个清秋的季节，还是隐隐地把那种物是人非的忧伤衬托出来。辛弃疾总想领军抗金，收复失地故乡，但是又做不到。一个山东大汉流落到了江南，自称为游子，就算腰间带吴钩，他又能够做什么？唐朝的李贺说：“男儿何不带吴钩，收取关山五十州？”可辛弃疾的吴钩此刻无处搏杀，在这个时分他能够做的事情只是：“落日楼头，断鸿声里，江南游子。把吴钩看了，栏干拍遍，无人会、登临意。”几个短短的句子，地点是落日楼头，声音是断鸿声里，主人公是江南游子，动作是拔出吴钩看了，无奈之下把栏干拍遍。为的是什么？“无人会、登临意。”

为什么我们要向古诗词学习呢？因为它会把人的情绪变得动作化。我们现在总在描写一个人心中悲伤啊，难受啊，失落啊，空虚啊，这都是什么感觉呢？辛弃疾用一连串电影画面般的动作，把夕阳迷离断鸿哀声之下无可托付的一段心

△ 喷（fèn）：喷发，指吹奏。

事表现得酣畅淋漓。接着他连用了晋朝张翰△和三国刘备的典故。“休说鲈鱼堪脍，尽西风、季鹰归未？”我不能像西晋张季鹰，可以忘怀时事，见到秋风乍起就想起家乡苏州美味的鲈鱼，居然弃官归乡。于我而言，那不是一份安顿。“求田问舍，怕应羞见，刘郎才气。”我也不愿像只为自己置备田地房产的许汜，不然应该心存惭愧，无法去面对雄才大略的刘备吧。仅仅为安顿生计，我心有不甘。“可惜流年，忧愁风雨，树犹如此！”这里又用了东晋大将桓温之典故，桓温北伐，看着自己早年间种下的那些树苗已经几围粗，抚树流泪，“可叹流年，树犹如此，人何以堪？”树都长这么大了，人怎么能不经过流光的蹉跎？辛弃疾借此抒发年华已逝，壮志未酬的惆怅。“倩何人唤取，红巾翠袖，揾英雄泪！”当时他正在建康通判的任上，南投八九年，但一直都被闲置着，英雄蹉跎了最好的年华，犹自不得报国。他看山看水都是愁绪，心事无法寄托，只有美人的红巾翠袖来擦掉这一把英雄之泪。

都说词的格局狭小，有人认为“词”是“诗余”，就是诗人的余兴之作，所以小词往往都是儿女情长。而词也能写得如此之大，有苏东坡之旷达，辛弃疾之豪放。我们只要读一读中国诗词，它的美就在这种音韵跌宕之间回旋，境界悠远。

“年少万兜鍪△△，坐断东南战未休。天下英雄谁敌手？曹刘。生子当如孙仲谋！”词人想起了当年京口这个地方曾是孙权的屯兵之地，孙吴政权的那种风光，那样一种雄迈，与曹刘对峙、鏖战时，何等英雄气概！难怪当年曹操感叹：生儿子要像孙权这样啊！这种对手之间的惺惺相惜，更让辛弃疾感叹时无大智大勇之人执掌乾坤，痛惜不已。

人在高处，会向两个方向眺望，一端眺望无比辽远的世界，另一端望见无比

△ 张翰（？—？），西晋文学家。字季鹰。所作诗今仅存六首。

△△ 兜鍪（móu）：古代打仗时戴的盔，词中借指兵士。

深邃的内心。辛弃疾就是这样一次一次向外眺望，向内反省，无限辽远，无比深沉。

辛弃疾在江西造口壁上写下这样一首词："郁孤台下清江水，中间多少行人泪。西北望长安，可怜无数山。"郁孤台就在现在的赣州，他望见的那条江其实是赣江。他是向"西北望长安"吗？他以唐代的古都代指宋代的汴京，因为这时候已经是南宋了，他的痴情远望，望向的是原来的北宋汴梁，从赣州到汴梁，视线穿越了无数青山叠嶂。在这一路，像他这样不计其数从北方漂泊而来的难民洒下的泪水，都汇聚在郁孤台下滔滔的赣江中。"青山遮不住，毕竟东流去。江晚正愁余，山深闻鹧鸪。"伤心江水浩荡东流，即使重叠青山也阻挡不住。而他站在这样一个孤台之上，在江边听见了鹧鸪声声，越发使得自己的心缭绕在深深的忧愁之中。一座一座的楼台，连成了他的人生，一次一次登楼的兴叹，有种老将的忧伤，有种英雄的豪情，有他的不甘，有他的无奈。

但是你能想到吗？同样是登高，这样一个传奇英雄，也可以写出来缠绵辞章。

他曾经在楼头上写下这样的《鹧鸪天·代人赋》。"晚日寒鸦一片愁，柳塘新绿却温柔。"晚日中寒鸦归巢，为什么牵绊出了心中的愁绪呢？柳塘新绿一片温柔，他又想起了什么样的人呢？"若教眼底无离恨，不信人间有白头。"如果人间都没有了离愁别恨，我们大概也就没有这些苍苍白发了吧。当鬓染霜华的时候，有多少蹉跎的心意都不得言说。"肠已断，泪难收，相思重上小红楼。"小红楼里面藏着故事，那些温柔记忆大概还在，由于相思又重来寻寻觅觅。"情知已被山遮断，频倚栏干不自由。"当年在这里留下温柔往事的那个人，已在远方，千山阻断，但是你还是想见她，所以人和自己的情思都困在楼上，"频倚栏干不自由"，心怎么也放不下，怎么也忘不了，怎么也丢不开，在栏干上这里看看，那里靠靠，终究无法展颜。这写得何等温柔曲折啊。登楼这件事，可以让我们不同的心事在高处片片洒落。不同形状、不同颜色、不同温度，人的种种情绪，都在楼头飞扬。

◆ 诗歌详注 ◆

[南宋]辛弃疾《丑奴儿 · 书博山道中壁》

少年不识愁滋味，爱上层楼。爱上层楼，为赋新词强说愁。　　而今识尽愁滋味，欲说还休。欲说还休，却道天凉好个秋。

◆ 知识点 ◆

中国文人有登高抒怀的传统，无论是登楼、登城还是登山，只要登上高处遥临俯瞰，茫茫愁绪霎时间就会被激荡出来，就算是没愁的人也会生出苍茫的愁绪。但是，能说出来的愁总还不是最深的愁，毕竟总还可以尽情地发泄。没法说出来的必须永远憋在心里的愁才是最让人难受的。人的心理，越是说不出来就越想说出来，一旦真的说出来就必须说得非常小心、非常隐晦，诗歌的张力也就由此产生了。常有人说好诗都是直抒胸臆的，这话不对，很多时候，心里话想说却说不出来时所透出的那种隐痛才最有感动人心的力量。

心里话想说却说不出，一般有两种情况：一是百感交集，无从说起；二是局势所迫，说出来一定会给自己惹祸。有时候是这两种因素兼而有之的。辛弃疾的“欲说还休”就是两种因素兼而有之，他自幼立志恢复中原，好不容易投奔了宋朝，却一直被投闲置散，主和派的政敌们环伺四周，虎视眈眈。刘禹锡也写过“春风无限潇湘意，欲采蘋花不自由”，那也是在险恶的政治环境里，有多少话想说，却只能欲说还休。清代大词人朱孝臧在戊戌变法失败之后经过“戊戌六君子”之一刘光第的故居，写词抒发感慨，结尾说“红萸白菊浑无恙，只是风前有所思”，这“有所

辛弃疾还写过一首特别有人生辗转况味的小词。“少年不识愁滋味，爱上层楼。爱上层楼，为赋新词强说愁。”年轻人没有真正经历过人间的离恨，但是为了写词，他总得找点忧伤的感觉，去哪儿找感觉呢？就去登楼，只要一上楼，就觉得很孤绝，就会觉得能望向无边的远方。“而今识尽愁滋味，欲说还休。欲说还休，却道天凉好个秋。”说不出的委屈才是真正的委屈，轻轻一声“天凉好个秋”，你以为他是真潇洒吗？那是无法言说的伤痛，都付与一把云淡风轻。

◆ 延伸阅读 ◆

南宋 · 辛弃疾《念奴娇》

我来吊古，上危楼，赢得闲愁千斛。虎踞龙蟠何处是？只有兴亡满目。柳外斜阳，水边归鸟，陇上吹乔木。片帆西去，一声谁喷霜竹？　　却忆安石风流，东山岁晚，泪落哀筝曲。儿辈功名都付与，长日惟消棋局。宝镜难寻，碧云将暮，谁劝杯中绿？江头风怒，朝来波浪翻屋。

南宋 · 辛弃疾《水龙吟 · 登建康赏心亭》

楚天千里清秋，水随天去秋无际。遥岑远目，献愁供恨，玉簪螺髻。落日楼头，断鸿声

里，江南游子。把吴钩看了，栏干拍遍，无人会、登临意。　　休说鲈鱼堪脍，尽西风、季鹰归未？求田问舍，怕应羞见，刘郎才气。可惜流年，忧愁风雨，树犹如此！倩何人唤取，红巾翠袖，揾英雄泪！

南宋 · 辛弃疾《菩萨蛮 · 书江西造口壁》

郁孤台下清江水，中间多少行人泪。西北望长安，可怜无数山。　　青山遮不住，毕竟东流去。江晚正愁余，山深闻鹧鸪。

南宋 · 辛弃疾《鹧鸪天 · 代人赋》

晚日寒鸦一片愁，柳塘新绿却温柔。若教眼底无离恨，不信人间有白头。肠已断，泪难收，相思重上小红楼。情知已被山遮断，频倚栏干不自由。

思”到底“思”的是什么，他不说，也不敢说，其实已经把一切都说了出来。这就是所谓“此时无声胜有声”“于无声处听惊雷”的道理。

要看银山拍天浪，开窗放入大江来

千古楼头，还有一位此身常在、深情常在的李商隐。“荷叶生时春恨生，荷叶枯时秋恨成”，情思细密，心境随着自然万物的变化而变化。他曾写过一首《夕阳楼》。“花明柳暗绕天愁，上尽重城更上楼。”花明柳暗已经是绕天愁思，他还要一步一步上尽重城更上楼。走上楼头看见什么？“欲问孤鸿向何处，不知身世自悠悠。”目送归鸿断雁，逶迤地隐没在天际，他要走上楼头去追问身世悠悠。你的身世，我的心事，你飞往何处？我归向何方？断雁可能失群，陷落于无助无依的凄婉，而这样的一位深情款款、才华横溢的诗人，处在政治党派斗争的夹缝中，此生无归，这就是楼头的哀愁。

李商隐还写过一首《楚吟》。“山上离宫宫上楼，楼前宫畔暮江流。”刚才是城上楼，这里是宫上楼。他是一个敢于去触摸伤痛的人，他还是一个能把心中伤痛抒写出来的人，他看见了楼前宫畔，一道大江在沉沉的暮色中浩荡流淌。“楚天长短黄昏雨，宋玉无愁亦自愁。”想象着千年之前的诗人宋玉，要是在此

◆ 诗歌详注 ◆

[唐]李商隐《安定城楼》

迢递高城百尺楼，
绿杨枝外尽汀洲。[1]
贾生年少虚垂涕，
王粲春来更远游。[2]
永忆江湖归白发，
欲回天地入扁舟。[3]
不知腐鼠成滋味，
猜意鹓雏竟未休。[4]

[1] 迢递：高峻。汀（tīng）洲：水边的平坦陆地或水中的小洲。

[2] 贾生年少虚垂涕：贾生即贾谊。在汉文帝时期，年轻的贾谊在政治上大展才华，很受重用，但因此也遭到了朝廷元老们的嫉恨，最后被排挤出了朝廷，郁郁而死。李商隐写这首诗的时候正值科举落第，所以对贾谊的才高招嫉深有同感。

王粲（càn）春来更远游：王粲是东汉末年的著名才子。当时天下大乱，诸侯割据，他从京城长安逃到南方的荆州避难，依附荆州刺史刘表。王粲对这种寄居的生活很不满意，写了一篇《登楼赋》抒发情怀，说刘表这里虽然不错，但毕竟不是自己的归宿。李商隐这时候在中央政府找不到出路，依附于节度使王茂元，和王粲依附刘表的情况很相近。

[3] 永忆江湖归白发，欲回天地入扁舟：表示自己志向高远，希望做一番回天转地的事业，功成之后便归隐江湖，并不恋栈名利。

[4] 不知腐鼠成滋味，猜意鹓雏（yuān chú）竟未休：这是《庄子》里的一则寓言，是说惠子在魏国做了大官，庄子要去看他，惠子却以为庄子会取代自己的官位，不禁大为惶恐。庄子在见到惠子之后，说南方有鸟，名叫鹓雏，非梧桐不

栖，非练实不食，非醴泉不饮，而猫头鹰却怕它来抢自己抓到的老鼠。

◆ 知识点 ◆

贾谊和王粲的故事是历代诗人很常用到的典故，因为这两个人的遭遇是中国传统知识分子最普遍的遭遇，这两个人的忧愤是中国传统知识分子最普遍的忧愤。庄子可以把鹓鸰的故事写得很清高，李商隐以及其他有同样感受的诗人在引述这个故事的时候也可以表现得很清高，然而庄子没有讲的是，在现实的世界里，鹓鸰的遭遇往往是不如猫头鹰的，清高的理想主义者在庸俗的现实世界里总会处处碰壁。碰壁之后，无论是在贾谊和王粲这些前辈身上寻找共鸣，还是在鹓鸰的故事里自我开解，也都只是没有办法的办法。

但是，当知识分子真的平步青云，在政治上可以大展拳脚的时候，对贾谊和王粲也就未必还有这样深切的同情。比如深得皇帝信任，锐意改革的北宋名相王安石在诗里就说贾谊之所以被元老们猜忌，其实是因为自身能力不足所致。

刻长长短短的黄昏雨意里，就算没有哀愁，也不得不生愁思。

真正寄寓李商隐心事的是《安定城楼》。“迢递高城百尺楼，绿杨枝外尽汀洲。”又是一座高楼，绵延城墙上的百尺高楼，一眼望出去，萋萋的杨柳树外，远远的汀洲可见。他突然想起了两个人，“贾生年少虚垂涕，王粲春来更远游。”他可怜贾谊当年生逢文帝盛世而不被重用，“可怜夜半虚前席，不问苍生问鬼神。”他也同情王粲，年轻时候的王粲曾经流落荆州依附刘表，寄人篱下而不得志，写了一篇《登楼赋》，表示此地风光虽好，但也只有远游。无论贾谊，还是王粲，都是有着灼灼才华而不得重用，就像他一样，所以他说“永忆江湖归白发，欲回天地入扁舟”。李商隐一生怀才不遇，当时朝廷分为势同水火的两大党派，两党中一边有他的老师，一边有他的岳父，所以两党都不把他当成自己人。他像贾谊王粲那样，虚负高才，一直不得舒展，就在这种仕隐之间蹉跎着生命。“不知腐鼠成滋味，猜意鹓鸰竟未休。”这里用的是《庄子》中的典故：凤凰从天空飞掠而过，地上一只猫头鹰刚逮着一只死耗子，觉得这可是美味啊，还没来得及吃，发现了九万里长空上的凤凰，猫头鹰吓坏了，想着它一准是来抢我的死耗子的！

它东躲西藏，还仰头对凤凰发出“吓”的怒叫，而凤凰浑然不知，翩翩远去。李商隐用这个典故隐喻他的身世：这一生被这个猜，被那个忌，老觉得我是惦记这个位子、那个官职。你们觉得那死耗子是多好的滋味，哪知道凤凰有什么志向！

这首诗是李商隐诗中表意相对明确的一首。他的诗构思新奇，风格浓丽，那些《无题》诗中的爱情写得缠绵悱恻，动人千古。他一生辗转于党争夹缝之中，一次次上遍城上楼、宫上楼，他除了向楼头孤绝处一次次出发，又能说清楚多少人间是非呢？

柳宗元登上柳州城头的时候，写下一首诗。这首诗他同时给了四位朋友，他们分别身处漳州、封州、汀州、连州。这是几个什么样的人呢？他们有什么样的故事呢？先看这首诗。“城上高楼接大荒，海天愁思正茫茫。”起笔的气魄多么大啊！登楼有时候会有哀愁，如果哀愁辽阔，那也值得。因为即使我们不登楼，日子里也有烦闷，但那都是鸡毛蒜皮小烦小闷。如果我们能够拥有一次浩荡的忧伤，也会是铭心刻骨的。从柳州城上高楼极目远望，荒原茫茫，浩荡愁思一如海天交融，混沌无边。五个人同时遭贬，彼此之间应该有着相似的情怀吧，这份沉痛忧思是何等气魄。心动一念，风雨交加。“惊风乱飐△芙蓉水，密雨斜侵薜荔△△墙”，骤然而起的风吹动着密布荷花的水面，雨密集击打着重重叠叠的薜荔叶子。在这样的风雨苍茫中，“岭树重遮千里目，江流曲似九回肠。”这弯曲的江流恰如自己宛转的心事。他们有什么故事？他跟另外的几个人说：“共来百粤文身地，犹自音书滞一乡！”几个人虽然都来到了南方，却音书阻滞，所以他要写下这首诗赠送给身世遭遇相同的几个朋友。

这首诗有着复杂的政治背景。公元805年，唐德宗去世，太子李诵即位，就是历史上的顺宗，顺宗登基后重用了王叔文、柳宗元这样一批官员进行革新。但

△ 飐（zhǎn）：风吹颤动。

△△ 薜（bì）荔：常绿灌本植物，茎蔓生。果实球形，可做凉粉，茎叶可入药。

是这次改革，因为保守派力量实在太大，只维持了不到半年，就遭到了保守派的反击，宦官拥立顺宗的儿子李纯为皇帝，就是宪宗，顺宗被迫退位。以王叔文为首的革新派都被贬斥，王叔文第二年被赐死，王伾也在贬官后病逝，柳宗元、刘禹锡等八人被降为偏远地区的司马，这就是所谓的“二王八司马△事件”。十年后，宪宗元和十年（公元815年）的时候，柳宗元、韩泰、韩晔、陈谏、刘禹锡五个人奉诏进京。但是他们赶到长安的时候，朝廷又改了主意，再次把他们分别贬到了更远的地方。“共来百粤文身地”，这些地方就是柳州、漳州、汀州、封州、连州。此时的柳宗元刚刚到柳州，夏日登楼怀友，眼见满目都是异乡风物，内心慨叹世事艰难、人事变迁。所以他一登楼望见的就是亲历的大唐兴衰。

还有很多人历尽沧桑，再登楼的时候已经不再表现为一种激越的愤慨，而是一种豁达，一种包容，是人在这个世界上一种真正的气定神闲。

比如说黄庭坚，他登的也是岳阳楼。“投荒万死鬓毛斑，生入瞿塘滟滪关△△。”这说的又是什么事情呢？在六年之前，黄庭坚被贬官到四川的虔州，过瞿塘峡，穿滟滪堆。这是长江航行最危险的一段，充满了风险。六年以后，他被赦再回来时，又来到了岳阳楼上。那样的生死坎坷，给他留下了斑斑的白发，但他还不是回来了吗？六年的贬谪，对人生来讲不算太短，而他却说得云淡风轻。“未到江南先一笑，岳阳楼上对君山。”此际人在岳阳楼上，对面的君山是个好地方，那上面有柳毅传书的井，那上面有湘妃留下来的斑竹。那么多的神话，那么多的传说，亦真亦幻，他干吗不微笑以对呢？这相逢一笑就是超越，一个人的登高有时候是出生入死以后的超越，那是他为自己生命的喝彩。

看过了这么多人的登楼诗，楼上有忧楼上有愁。登楼能超越吗？我们来看李太白的登楼。

△ 二王八司马：“二王”指王伾、王叔文。“八司马”指韦执谊、韩泰、陈谏、柳宗元、刘禹锡、韩晔、凌准、程异，他们支持唐顺宗进行政治改革，失败后，八人同被贬为远僻地方的司马。

△△ 滟滪（yànyù）关：滟滪堆，长江瞿塘峡口的巨石。

李白在宣州谢朓楼上饯别他的叔叔校书郎李云。“弃我去者，昨日之日不可留；乱我心者，今日之日多烦忧。”别人登楼要先看长江滚滚流，看过以后再去想千古事悠悠，从而兴慨多少英雄人物的灰飞烟灭，李白不用，他一眼就看见了心事。他在楼上看见了什么？看见那些抛弃了他的日子，从此刻一秒一秒变成了昨天。他也看见了当下能够拥有的今天。但今天有多少纷扰打乱了他的心？这就是李白的劈空道来。“长风万里送秋雁，对此可以酣高楼。”这样一个清秋天，秋风袅袅，我们就在这里开怀畅饮吧。“蓬莱文章建安骨”，这是夸他叔叔的文章能跟建安时期的诗文相提并论，“中间小谢又清发”，这是推崇南北朝的诗人谢朓的诗风清新俊逸，含着自比之意。“俱怀逸兴壮思飞，欲上青天览△明月。”酒喝到酣畅处，想起古今风流人物，都有超迈之志，都有上青天揽月之想。但是明月真的可得吗？明月终究不可入怀。楼头上真的酣畅吗？楼上也有烦忧啊。所以李白说：“抽刀断水水更流，举杯消愁愁更愁。”我深知此刻你我都有烦忧，水流不断，酒意添愁。而李白之所以是李白，就在于这首诗他说出的最后一句话：“人生在世不称意，明朝散发弄扁舟。”人生就是不称意，怎么样？他可以转身离去。他跟李商隐不一样，李商隐会说自己是“永忆江湖归白发，欲回天地入扁舟”，他有纠结，他不能做到“小舟从此逝，江海寄余生”。他不能超越，是因为他心有牵绊，欲仕欲隐两不相全。李白也想要济世，所以到六十岁的时候还可以去请缨，要追随永王李璘平叛。可是李白也放得下，李白说他纵有更多不称意之事，“明朝散发弄扁舟”，他也还有江湖远，山水清，他可以走得出去。

比楼更好的还是山，因为山更接地气。今天我们的都市，山是找不到的，但是楼确实很多：我们上班进的是楼，回家上的是楼，公寓楼、写字楼，贵贵贱贱都是一方楼阁。楼上也许有阳台，阳台之外也许有风光，还能看见晚霞，还能够看见秋雨，但是楼上有什么心情呢？

△ 览：通“揽”，摘取。

古人登临是为了远眺，是为了在远方的世界望见自己的心。李白把目光投向了最远的自然，杜甫在天高地阔中望见了自我，辛弃疾在古今浩荡中托付了自己的英雄心事。他们登上楼头，便得千古不朽，一心超越。我们今天在上楼的时候，是不是也能够有这样的诗情？是不是也能够超越沧桑？

人为什么要登山？我很喜欢北宋一位很著名的军事家曾公亮的诗，这位历经仁宗、英宗、神宗三朝的老臣，路过镇江的北固山，住在甘露寺里，面临大江，写下了《宿甘露僧舍》，可以说回答了人喜欢登临的理由。

他先不写站在高山之上、大江之边看到了什么，而写了自己睡觉时能感受的天地之气，“枕中云气千峰近，床底松声万壑哀。”我们晚上睡觉，枕上能见什么，床下能有什么？谁能像曾公亮这样，千峰之间聚敛的云气渐渐地逼近到他的枕上，千山万壑松峰合鸣，隐隐的，那种连绵的哀声都回荡在他的床下。

“枕中云气”“床底松声”，一个是触觉之美，一个是听觉之美，已经如此醉人。但是，还有更惊艳的视觉之美：你想让波涛像银山雪峰一样汹涌澎湃地扑入你的眼睛吗？推开窗子，把大江放进房间吧！“要看银山拍天浪，开窗放入大江来。”

我们生活在都市中，住在高楼里。我们还能够“开窗放入大江来”吗？古人登山临水，为的是欣赏高山大江的浩阔。今天，我们这些生活在城市中的人，还能够在登山临水之后，放下心中的羁绊，把平时储备的山水豪气带入寻常生活吗？

最好，我们走得再远一点，再去上几座山，再去看看临绝顶之后那一番气象。楼头山巅，只要登临，人心就会被唤醒高旷气象，带着这样的一份空间感再来我们的凡间，我们的心一定会拥有一片更广阔的气概，一定能够释放眼前细小的忧伤。这就是登临带给我们的意味。

◆ 延伸阅读 ◆

唐 · 李商隐《夕阳楼》

花明柳暗绕天愁，上尽重城更上楼。
欲问孤鸿向何处，不知身世自悠悠。

唐 · 李商隐《楚吟》

山上离宫宫上楼，楼前宫畔暮江流。
楚天长短黄昏雨，宋玉无愁亦自愁。

唐 · 柳宗元《登柳州城楼寄漳汀封连四州》

城上高楼接大荒，海天愁思正茫茫。
惊风乱飐芙蓉水，密雨斜侵薜荔墙。
岭树重遮千里目，江流曲似九回肠。
共来百粤文身地，犹自音书滞一乡！

北宋 · 黄庭坚《雨中登岳阳楼望君山二首》

投荒万死鬓毛斑，生入瞿塘滟滪关。
未到江南先一笑，岳阳楼上对君山。

满川风雨独凭栏，绾结湘娥十二鬟。
可惜不当湖水面，银山堆里看青山。

唐 · 李白《宣州谢朓楼饯别校书叔云》

弃我去者，昨日之日不可留；
乱我心者，今日之日多烦忧。
长风万里送秋雁，对此可以酣高楼。
蓬莱文章建安骨，中间小谢又清发。

俱怀逸兴壮思飞，欲上青天览明月。
抽刀断水水更流，举杯消愁愁更愁。
人生在世不称意，明朝散发弄扁舟。

北宋 · 苏轼《临江仙》

夜饮东坡醒复醉，归来仿佛三更。家童鼻息已雷鸣。敲门都不应，倚杖听江声。　　长恨此身非我有，何时忘却营营？夜阑风静縠纹平。小舟从此逝，江海寄余生。

北宋 · 曾公亮《宿甘露僧舍》

枕中云气千峰近，床底松声万壑哀。
要看银山拍天浪，开窗放入大江来。

◆ 诗人简介 ◆

宋玉（？—？），战国楚辞赋家。后于屈原。作品以《九辩》最为著名。篇中叙述他在政治上不得志的悲伤，流露出抑郁不满的情绪。其余均有争议。

曾公亮（999—1078），北宋大臣。字明仲。为宰辅十五年，历仁、英、神宗三朝，号称老成持重。

千古剑侠梦

从仗剑远游到边塞诗歌，一路豪情不断，剑气凌霄。中国人的剑气，其实一直流在我们的血脉之中。在一个不用亮剑的时代里，倘若剑气不泯，也许会化成风骨，流露在一个人的眉宇之间，昂扬、潇洒；沉润在一个人的心境之中，疏朗、辽阔。所以，真正的剑啸长虹，是惊醒我们心中的侠客大梦。

剑气长存，诗篇不老。

◆ 诗歌详注 ◆

[唐]李白《赠何七判官昌浩》[1]

有时忽惆怅，匡坐至夜分[2]。
平明空啸咤，思欲解世纷。
心随长风去，吹散万里云。
羞作济南生，九十诵古文。
不然[3]拂剑起，沙漠收奇勋。
老死阡陌间，何因扬清芬。[4]
夫子今管乐，英才冠三军。[5]
终与同出处，岂将沮溺群？[6]

[1] 赠何七判官昌浩：这首诗所赠之人名叫何昌浩，排行第七，担任判官的职务。

[2] 匡坐：端坐。夜分：夜半。

[3] 不然：同“丕然”，肃穆的样子。

[4] 阡陌间：乡下。扬清芬：传播美名。

[5] 夫子：先生，指何昌浩。管乐：管仲、乐毅，古代的名相与名将。英才冠三军：形容何昌浩是军队里最出色的人才。

[6] 终与同出处：李白说自己终将与何昌浩走上相同的人生轨道。出处：即“出”与“处”，前者指出仕，后者指隐居，这里的“出处”偏重于“出”的意思。沮溺：长沮（jǔ）、桀溺（jiénì），古代的两位隐士。“岂将沮溺群”是说怎能甘心与隐士为伍呢。

◆ 知识点 ◆

李白一直渴望建功立业，被唐玄宗赐金放还之后，就北上想在军旅当中谋求发展，但依然未能如愿。这正是唐朝政局很微妙的时期，安史之乱马上就要爆发了。

李白在这首诗里把何昌浩比作管仲、乐毅，事实上这更是他的自我期许。但我

◆ 引子 ◆

千古文人侠客梦

千古以来，文人心里都有梦。很多人知道，文人有济世做官的梦，有名垂青史的梦，其实，他们还有一个大梦，几乎所有文人都做过，屡经挫折，一直不肯幻灭，那就是千古文人侠客梦。

中国有很多美妙的词，“琴心剑胆”“书剑飘零”“剑啸长虹”，离不开这一个“剑”字。在这一柄剑上，凝聚着无数文人的梦想，映衬着文人内心里对文弱的一点点蔑视。

在很多文人心里，剑是生命中最豪情、最浪漫的配饰，不同于笔，不同于扇子，不同于吟风赏月时拿着的那些轻巧精致的玩意儿，它让人觉得心里有底。史书里说李白是一个爱好谈论政治，爱好击剑，性情侠义、率真的人。年轻的时候，他想到世上去建功立业，“仗剑去国，辞亲远游”。都说“书剑飘零”，李白离开故乡，甚至连书都没有提，直接带着剑就走了，走得决绝，走得畅快，有这一柄剑，就有他平生“不屈己，不干人”的磊落

风骨。

李白的理想和抱负是什么呢？他从年轻时就抱定大济苍生的志向。这个梦想鼓舞着他诗意纵横：“心随长风去，吹散万里云。羞作济南生，九十诵古文。”他的心跟着长风浩荡到远方，去追逐万里白云，去澄清长空，而不是在家里读书诵经，蹉跎人生。“九十诵古文”是指西汉时候的伏生，他曾是秦代的博士，很有学问。焚书坑儒的时代，很多书都被焚毁，他把书藏在自家的墙壁里，离乱中散佚了许多篇。他博闻强识，背诵篇目传授给学生。汉文帝听说他能口授《尚书》，召他入朝，但他已到了九十岁，卧床不起，无法长途跋涉到长安，汉文帝就派了晁错去他家学习。在中国文化史和儒学史上，伏生是一个名垂青史、功不可没的人。李白对此却不以为然，书生再有能耐，在那个时代的功勋，不过就是快到百岁的时候，还记着前朝焚毁的文章。李白不屑于此，那他要做什么呢？“不然拂剑起，沙漠收奇勋。”他的梦想是拔剑而起，越过茫茫戈壁，在青史上建立丰功伟绩。这是李白的价值观，也是他永不舍弃的英雄梦想，不做小文人，敢当大豪客。

文人经常说“诗酒风流”，在李白这里，“剑酒风流”也许更恰当。在他的生命中，剑

们既没从历史上看到何昌浩建立过什么功勋，也没看到李白能与管、乐相比的政治表现。李白性情天真，本来就已经自视过高，写诗更是极尽夸张——写瀑布是“飞流直下三千尺”，写喝酒是“会须一饮三百杯”，写打仗是“南风一扫胡尘静”，写快意是“天生我材必有用”，写失意是“明朝散发弄扁舟”，任何一种情绪都被他写到极致，所以拿管仲、乐毅来比人与自比，在他看来实在是自然而然的事，好像他从来不知道何谓谦虚。这样的性格造就了他悲剧的人生，也造就了他飞扬不羁的诗歌。

和酒是很重要的两种东西。我们知道他酒入豪肠，可以吐出半个盛唐，但是，如果他心中没有剑气，他的生命也不会这么潇洒，也不会有如此豪迈。李白的生命离不开酒，李白的生命离不开剑，他宁可不去做一个文人，但你不能剥夺他做一个剑客的资格。

李白从不满足于只做一个诗人，他想做一个有梦想的政治家，做一个有豪情的侠士剑客。写诗，不过是他剑气纵横的一种铺展。杜甫说他“笔落惊风雨，诗成泣鬼神”，我想，真正气场很大的文人，他的内心绝不仅仅有文采。今天，很多各领域的顶级高手，他们的内在丰赡一定不限于他的专业知识，他们会有高迈的人格、博大的气度、经世的历练，这一切都让他们的气概不同凡响。

我们夸文人，老爱说一个词，“才气”。有时候我在想，才气，不就是气场托起来的才华吗？没有气，才华怎么能流动起来呢？一个人只有才没有气，一片死气沉沉，就是死才华，呆板僵硬，没有神采。而李白有“拂剑朝天去”的潇洒，有“横戈探虎穴”的梦想，这正是他的气概。

◆ 延伸阅读 ◆

唐·杜甫《寄李十二白二十韵》（节选）

昔年有狂客，号尔谪仙人。
笔落惊风雨，诗成泣鬼神。
声名从此大，汩没一朝伸。
文彩承殊渥，流传必绝伦。

长啸倚孤剑，目极心悠悠

李白有一个想象，想象着一把诗意纵横的“倚天长剑”。他说：“白日当天心，照之可以事明主。壮士愤，雄风生。安得倚天剑，跨海斩长鲸。”在古代，鲸鱼这个意象常常指一些恶人，李白就是想要这样一把倚天长剑，去铲平世间不平事。

北落明星动光彩，
南征猛将如云雷。
手中电击倚天剑，
直斩长鲸海水开。

这首赞美司马将军的《司马将军歌》，写的是大将征伐、建立军功的场面。平定战乱，征服反叛，劈开海水，接天连地。这份神话般的恢宏梦想，其实也就是李白想象的人生。

自视甚高的李白来到这个世界，绝不认为自己的使命就是留下些优美的辞章，他不屑于像普通读书人那样参加科举，按部就班，在官场上逢迎场合，用一生熬成青史上的一枚标签。他认为自己可以用一种超乎常规的方式，直接去实现自我。比起手中的笔，他更相信手中的剑——

拂拭倚天剑，
西登岳阳楼。
长啸万里风，
扫清胸中忧。

内心的深沉忧患，不是笔尖可以拂掉的，他必须擦拭倚天长剑，面对长风万里，涤荡他的胸襟。他走在世上，步履坎坷，看的风云多，经历的挫折多，但是一直没有放下心中的壮志。他在写给朋友的诗里面说："抚剑夜吟啸，雄心日千里。誓欲斩鲸鲵，澄清洛阳水。"一个一个不眠长夜，他在抚剑。因为一个一个白日青天之下，他的心有所不平，他要用这柄剑去斩尽鲸鲵，去澄清洛阳水，铲除奸恶，建功立业。

剑上闪闪的寒光是他的梦想，一个侠客的大梦，一直做到暮年，为什么一个六十岁的抱病之人，还要投笔从戎，跟随永王出去平叛？因为他的心放不下他的剑。这柄剑陪着他的孤单，陪着他的沉郁，陪着他的不甘，也陪着他的无奈。李白给好朋友崔宗之写过一首诗，描述他的抑郁不平："日从海旁没，水向天边流。长啸倚孤剑，目极心悠悠。岁晏归去来，富贵安可求。"太阳唰唰地沉下去，江水浩荡地向天边流去，一天的日子、一生的日子，就这样跟着逝水流光走远。孤零零的诗人倚着孤零零的长剑，仰天长啸，眺望远方，心思悠悠。岁暮了，归家吗？富贵不是那么容易得到的啊！他想起了陶渊明的归去来，也向往着陶渊明的田园生活。陶渊明说"富贵非吾愿，帝

◆ 诗歌详注 ◆

[唐]李白《留别贾舍人至[1]二首》（其一）

大梁[2]白云起，飘飖来南洲。
裴回苍梧野，十见罗浮秋。[3]
鳌抃山海倾，四溟扬洪流。[4]
意欲托孤凤，从之摩天游。
凤苦道路难，翱翔还昆丘[5]。
不肯衔我去，哀鸣惭不周[6]。
远客谢[7]主人，明珠难暗投。
拂拭倚天剑[8]，西登岳阳楼。
长啸万里风，扫清胸中忧。
谁念刘越石，化为绕指柔。[9]

[1] 贾舍人至：即贾至，舍人是他的官职。

[2] 大梁：开封的古称。

[3] 苍梧、罗浮：都是南方的地名。诗句重在写意，并不是实指这些地点。

[4] 鳌（áo）：传说中海里的大龟或大鳖。抃（biàn）：拍打。四溟：四方之海。

[5] 昆丘：昆仑山。

[6] 不周：不周山，传说中的山名。

[7] 谢：辞谢。

[8] 倚天剑：并不是真有一把剑叫作倚天剑，这个说法来自宋玉《大言赋》里的名句"长剑耿耿倚天外"。

[9] 谁念刘越石，化为绕指柔：这是指刘琨（字越石）的名句"何意百炼刚，化为绕指柔"，刘琨叹息自己历经磨难，已经从刚强变为柔弱了。

◆ 知识点 ◆

如果用西方文学的语言来说，这首诗有一个"欧·亨利式的结尾"，前边全是

铺垫，这么充足的铺垫，就是为了最后两句的逆转。这首诗从起句往下读，越读越是慷慨激昂，越读越觉得有一种豪迈的气概汪洋纵恣、不可一世，但是，当情绪被调动到最高点的时候，突然逆转说“谁念刘越石，化为绕指柔”，先前的种种激扬一下子转为悲凉。

刘越石是晋朝的名将，有报效国家的热情，但时时处处都受到掣肘，使他的豪情壮志在艰难的时局下越发难以施展。时间久了，心也就凉了，于是在悲愤中写下“何意百炼刚，化为绕指柔”的著名诗句。李白对刘越石的悲愤感同身受，自己也有一腔壮志，想要“拂拭倚天剑，西登岳阳楼”，但他的剑终归没有用武之地。当然，从政治角度来说，我们会觉得唐玄宗还算明智，幸好没给李白用剑的机会，但从人生的角度来看，李白一辈子都在追求一个不切实际的、缺乏自知之明的理想，若没有这种致命的天真，他便不可能写出那么多感人至深的诗篇。

乡不可期”，但李白终究是回不去的，因为他的剑气太盛。能够“小舟从此逝”的人有江海，能够闭门望鸟还的人有田园。李白剑气纵横，田园那种太小的、封闭的空间，容不下他。一个人放不下剑，就归不了田。

为什么他会写《行路难》？当他的心事、他的梦想，一次一次不能实现，心事就成了烦恼，梦想就成了压在生命脊梁上的负担，所以他对着“金樽清酒斗十千”，对着“玉盘珍羞直万钱”，依旧是“停杯投箸不能食，拔剑四顾心茫然”。为什么会茫然？因为他还有梦想，对生命还有期待，这个时候，他能托付的只有这柄剑。

唐代的安史之乱，让太多文人生命心意两相蹉跎，太多人的仕途都因为这场大乱而改变。我们看过安史之乱中的王维是怎么样被逼仕伪朝，看过安史之乱中的杜甫千里奔波，追随唐肃宗，李白面对这场家国劫难，也有一种刻骨的伤痛，但李白的性情却是不妥协的。在安史之乱爆发那一年，李白在逃难的路上，遇到了一个跟他意气相投的人，把身外危险一时都忘记了，又勾起报国壮心。两个人一起喝酒，李白写下《扶风豪士歌》，向这位豪士表白自己的心曲：“抚长剑，一扬眉，清水白石何离离。脱吾帽，向君笑。饮君酒，为君吟。

张良未逐赤松去，桥边黄石知我心。”李白的诗里充满了动作，这些动作都是他心情的外化。因为两个人都佩剑，因为有豪气相投。一抚长剑，一扬长眉，远看近观，“清水白石何离离”——在这里，李白化用古乐府《艳歌行》的诗句剖白心迹，就算身处乱世浊世，这个世界亘古的清白不改颜色，我的心依旧高洁。摘掉帽子，就摘掉繁文缛节，摘掉身份与戒备，摘掉了自己在战乱之间的仓皇，既然意气相投，那么坦诚相见。这是一份心意的彼此相托。“饮君酒，为君吟”，喝了你的酒，为你而高歌，唱唱汉代名臣张良的故事。秦末大乱，年轻的张良为什么没有跟随赤松子跑入山野求仙学道？他的心、他的志向谁能懂呢？桥边的黄石公知道张良的志向不是个人成仙，而是安定天下匡扶乱世，所以黄石公传授给张良《太公兵法》，让他辅佐刘邦建功立业。黄石公懂得张良的心，谁了解我的心呢？你会是在桥边等待张良的黄石公吗？谁会在茫茫乱世中真正了解我的心呢？

◆ 延伸阅读 ◆

唐 · 李白《临江王节士歌》

洞庭白波木叶稀，
燕鸿始入吴云飞。
吴云寒，燕鸿苦。
风号沙宿潇湘浦。
节士感秋泪如雨，
白日当天心，
照之可以事明主。
壮士愤，雄风生。
安得倚天剑，跨海斩长鲸。

唐 · 李白《司马将军歌》

狂风吹古月，窃弄章华台。
北落明星动光彩，南征猛将如云雷。
手中电击倚天剑，直斩长鲸海水开。
我见楼船壮心目，颇似龙骧下三蜀。
扬兵习战张虎旗，江中白浪如银屋。
身居玉帐临河魁，紫髯若戟冠崔嵬。
细柳开营揖天子，始知灞上为婴孩。
羌笛横吹阿亸回，向月楼中吹落梅。
将军自起舞长剑，壮士呼声动九垓。
功成献凯见明主，丹青画像麒麟台。

唐 · 李白《赠张相镐其二》（节选）

想像晋末时，崩腾胡尘起。
衣冠陷锋镝，戎虏盈朝市。
石勒窥神州，刘聪劫天子。
抚剑夜吟啸，雄心日千里。
誓欲斩鲸鲵，澄清洛阳水。

唐 · 李白《赠崔郎中宗之》

胡雁拂海翼，翱翔鸣素秋。
惊云辞沙朔，飘荡迷河洲。
有如飞蓬人，去逐万里游。
登高望浮云，仿佛如旧丘。
日从海旁没，水向天边流。
长啸倚孤剑，目极心悠悠。
岁晏归去来，富贵安可求。
仲尼七十说，历聘莫见收。
鲁连逃千金，珪组岂可酬。

时哉苟不会，草木为我俦。
希君同携手，长往南山幽。

唐 · 李白《扶风豪士歌》

洛阳三月飞胡沙，洛阳城中人怨嗟。
天津流水波赤血，白骨相撑如乱麻。
我亦东奔向吴国，浮云四塞道路赊。
东方日出啼早鸦，城门人开扫落花。
梧桐杨柳拂金井，来醉扶风豪士家。
扶风豪士天下奇，意气相倾山可移。
作人不倚将军势，饮酒岂顾尚书期。
雕盘绮食会众客，吴歌赵舞香风吹。
原尝春陵六国时，开心写意君所知。
堂中各有三千士，明日报恩知是谁。
抚长剑，一扬眉，清水白石何离离。
脱吾帽，向君笑。饮君酒，为君吟。
张良未逐赤松去，桥边黄石知我心。

愿将腰下剑，直为斩楼兰

李白曾经写过一个乐府旧题，叫《结袜子》，歌颂了他特别心仪的两个人："燕南壮士吴门豪"。"燕南壮士"指的是高渐离。当年燕太子丹派荆轲刺杀秦王嬴政，在易水边告别，白衣白冠相送，高渐离击筑，荆轲高歌，千古传奇，永不消散，一直回荡在我们的耳边。荆轲一去不返，刺秦没有成功。乐师高渐离，当年曾经目送荆轲远去的这个人，接过义士的遗愿，来到秦宫。因为高渐离击筑实在太感人，秦王也爱听，但因为他是燕太子丹的门客，出于防备而弄瞎了他的眼。当大家都放松警惕的时候，高渐离举起灌满铅的筑循声砸向秦王。一个盲人，在防备严密的宫廷上做这样的事，是在赌命，剑客荆轲没有刺杀成秦王，高渐离也失手而死。从此秦王再也不敢接近六国的人。

"吴门豪"说的是专诸。专诸是一名剑客，受公子光的委托刺杀吴王僚。专诸装扮成一个跛脚的厨师，烤好鱼，献给吴王僚的时候，突然抽出藏在鱼腹中的宝剑——就是后来戏曲题材上不断提到的鱼肠剑，刺死了吴王

◆ 诗歌详注 ◆

[唐]李白《结袜子》[1]

燕南壮士吴门豪，
筑中置铅鱼隐刀。
感君恩重许君命，
泰山一掷轻鸿毛。

[1] 结袜子：这是乐府的古题，原本是写游侠题材的。至于"结袜子"是什么意思，已经无从考证了。

◆ 知识点 ◆

这首诗吟咏两位视死如归的刺客，但这两位刺客其实有本质上的不同。高渐离刺杀秦始皇，除了私人情谊之外，还有反侵略、反暴政的因素，而专诸刺杀吴王僚，其实是帮助乱臣贼子犯上作乱。李白没有考虑这些，只是认为这两人一样是"感君恩重许君命"的豪杰，而这种价值观其实意味着如果一个人有大恩于你，你就应该以生命去报答他。其实所谓"恩重"，往往只是权贵们处心积虑地以重金和手段收买死士罢了。

死士们（比如专诸）或许勇力有余而头脑不足，但至少表现出来的视死如归的气概还是很让人感佩的。李白从年轻时就很有侠义风骨，随身总带着匕首。李白的这种侠客情怀已经不被当时的社会主流观念所容了。试想一下，高渐离和专诸刺杀的都是一国之尊，假如有人以深恩结死士，谋图刺杀唐玄宗，李白会不会也觉得这是"泰山一掷轻鸿毛"的壮举呢?

儒家讲礼治，法家讲法治，都容不得侠客，更容不得刺客。所以，大家觉得就算皇帝再坏，并且除了行刺之外再没有其他办法来改变局面，皇帝也是不应该被刺杀的。所有的侠客和刺客都是违法乱纪分

子，应该予以严惩。一个人如果始终怀有侠义之心，或多或少都是社会中的不安定因素。所以，很多儒家人物在李白和杜甫之中更推崇杜甫，因为杜甫的诗里总透着爱君报国之心。

僚。这也是一个赌命的豪士，完成了任务，自然也没有生还的可能。

击筑的高渐离和刺客专诸这样的豪侠烈士，抱着必死信念的勇士，就是李白心中真正不朽的英雄，所以他要写“燕南壮士吴门豪，筑中置铅鱼隐刀。感君恩重许君命，泰山一掷轻鸿毛”。什么叫知遇之恩？一般人遇到赏识自己的君王，都愿意为他鞠躬尽瘁，尽心尽力，辅佐江山，建立功勋，这已经算是很大的回报了。在李白看来依然不够，他是“感君恩重许君命”的人，谁给他“知遇之恩”，他愿意用自己的性命去回报。司马迁曾经说过：“人固有一死，或重于泰山，或轻于鸿毛。”△ 在李白看来，“感君恩重许君命，泰山一掷轻鸿毛”，生命虽然重如泰山，但必要时不惜果决一掷，可以轻如鸿毛。

李白用了一生等待可以让他性命相报的君王，而不希望自己只是一个空度时日的翰林待诏，写诗歌舞升平。他希望君王能够让他施展治国安邦的抱负。李白曾经写过《塞下曲》。“五月天山雪，无花只有寒。笛中闻折柳，春色未曾看。”这是典型的边塞诗篇。人间四月芳菲尽，但在天山之上，五月还在飞雪，没有

△ 出自司马迁《报任安书》。

灿烂的花，只有入骨的寒。“笛中闻折柳，春色未曾看△”，“折杨柳”是离别的曲子，为什么他还心仪这个地方？因为这种曲子最常在军队里听到，他不是去观光，而是去从军，“晓战随金鼓，宵眠抱玉鞍。愿将腰下剑，直为斩楼兰。”

边关的岁月，没有安眠的时候，永远都在征战之中，但是他们心甘情愿。李白还写过古乐府的诗题《从军行》：“百战沙场△△碎铁衣，城南已合数重围。突营射杀呼延将，独领残兵千骑△△△归。”这是李白的边关梦。他想做一个英勇的将军，哪怕身上的金甲铁衣都已经破碎，哪怕遭敌军重重包围，他也能够带领自己的少数部队突入对方的大营，击杀对方的将帅，班师凯旋，建功立业。这样的气概，不是所有文人都能有的。正如同时代另一位优秀的诗人杨炯宣言的那样，“宁为百夫长，胜作一书生。”他说他就算是当个小队长，都比做一个书生强。一个时代有多大的梦，要看这个时代有多大的疆场。李白这样的诗人剑客，产生在大唐，可以说是一个时代的气概和民族心理，成就了英雄本色。

李白一直做着他的边关梦，这个梦想蹉跎了他的一生。从十多岁“好任侠，喜击剑”开始，二十多岁的青春走过，三十多岁的壮年走过，四十岁、五十岁，暮年渐渐逼近，一直到了六十岁，李白放不下他的剑，也放不下他的浪漫、天真。美人迟暮英雄老，还有疆场可以让他驰骋吗？安史之乱，他已经六十岁，在古代算是高龄了，他遇到了永王李璘，他想跟着永王去平定史思明的叛军。怎么去平叛？他写了一首浪漫的诗：“试借君王玉马鞭，指挥戎虏坐琼筵。”他说你用我吧，借我兵权一用，坐在琼宴之上，于觥筹交错之间指挥战争，马鞭一指，大军一到，俘虏就会乖乖地顺服投诚，就能把失地收复，“南风一扫胡尘静，西入长安到日边。”这是多天真的想象！拿着马鞭就可以去扫胡尘，可以

△ 看（kān）：守护照料。

△△ 场（cháng）：平坦的空地。

△△△ 骑（jì）：骑兵。

让整个天下大定。李白写过《塞下曲》，写过《从军行》，知道战场的残酷，他写“指挥戎虏坐琼筵”，不是夸张的笑谈，而是他心中永远放不下的浪漫和天真。

在一个人的生命里，宝剑既是豪情生发的依据，也是一件漂亮的配饰。剑装点了李白的豪迈，也装点了李白的天真。剑也变成了他诗中最美的一件道具，让他的生命永远有一种飞扬之势，永远不肯沉沦，永远不肯衰老。宝剑大梦纠结了他一生，也撑起他一生的气概。

延伸阅读

唐·李白《塞下曲六首》（其一）

五月天山雪，无花只有寒。
笛中闻折柳，春色未曾看。
晓战随金鼓，宵眠抱玉鞍。
愿将腰下剑，直为斩楼兰。

唐·杨炯《从军行》

烽火照西京，心中自不平。
牙璋辞凤阙，铁骑绕龙城。
雪暗凋旗画，风多杂鼓声。
宁为百夫长，胜作一书生。

唐·李白《永王东巡十一首》（其十一）

试借君王玉马鞭，指挥戎虏坐琼筵。
南风一扫胡尘静，西入长安到日边。

◆ 诗人简介 ◆

司马迁（约前145或前135—？），西汉史学家、文学家、思想家。字子长。人称其书为《太史公书》，后称《史记》，是中国最早的通史。此书开创了纪传体史书的形式，书中不少传记语言生动，形象鲜明，是优秀的文学作品，对后世史学与文学都有深远的影响。

捐躯赴国难，视死忽如归

边塞诗里为什么有如许无悔？为什么有如许豪迈？我们如果向前追溯的话，可以一直追溯到建安文学。曹植写下的《白马篇》，开启了文人心中的英雄梦。

“白马饰金羁，连翩西北驰。借问谁家子，幽并游侠儿。”先跃入我们眼帘的不是一个英雄，我们没有看见主人公，只看见了他的马。这匹马有多漂亮呢？白马豪骏，戴着金络头，连翩飞驰。马的出场，已经足够引人瞩目，这么漂亮的宝马，要什么样的人才配得上它？它的主人就是“幽并游侠儿”。幽州、并州是现在的河北、山西一带，自古出豪士的地方。而这个游侠儿“少小去乡邑，扬声沙漠垂”，很小的时候就离开故乡，从军打仗，建功立业，沙漠边陲都在传颂着他的美名。

“宿昔秉良弓，楛矢何参差。”他的手上有最好的弯弓，他的身上背着的囊中箭长长短短、参差不齐。“控弦破左的，右发摧月支。仰手接飞猱，俯身散马蹄。”他向左拉弦，射中靶子；向右发箭，也射中目标；一仰手，一俯身，分别再中目标。这几个动作，左、右、

◆ 诗歌详注 ◆

[三国·魏]曹植《白马篇》

白马饰金羁[1]，连翩西北驰。
借问谁家子，幽并[2]游侠儿。
少小去乡邑，扬声沙漠垂。[3]
宿昔秉良弓，楛矢[4]何参差。
控弦破左的，右发摧月支。[5]
仰手接飞猱，俯身散马蹄。[6]
狡捷过猴猿，勇剽若豹螭[7]。
边城多警急，虏骑数[8]迁移。
羽檄从北来，厉马登高堤。[9]
长驱蹈匈奴，左顾凌鲜卑。
弃身锋刃端，性命安可怀？
父母且不顾，何言子与妻。
名编壮士籍，不得中顾私。
捐躯赴国难，视死忽如归。

[1] 羁（jī）：马笼头。

[2] 幽并（bīng）：幽州和并州，在今天的河北、山西一带。

[3] 去：离开。扬声：扬名。

[4] 楛（hù）矢：用楛木做杆的箭。

[5] 控弦：拉弓。左的：左边的箭靶。月支：一种箭靶的名字。

[6] 接：迎头射击。猱（náo）：一种以灵巧著称的猿猴。散：击碎。马蹄：一种箭靶的名字。

[7] 剽（piāo）：勇猛。螭（chī）：一种无角的龙。

[8] 数（shuò）：屡次。

[9] 羽檄（xí）：插着羽毛以示紧急的军用文书。厉：鞭打。

◆ 知识点 ◆

这是曹植早期的诗作，写得激扬慷慨，有奋发之气。诗中所表现的价值观在今天看来再自然不过，但在古代却常有

争议。传统儒家提倡孝道，认为政治伦理只是家庭伦理的延伸，并不优先于家庭伦理，所以，如果一个人家里有父母要赡养，真被征兵去打仗的话是完全应该当逃兵的。如果“弃身锋刃端，性命安可怀”，那该置父母于何地呢？如果“父母且不顾，何言子与妻”，如果这个人为了某个更大的目标连父母妻儿都可以不顾，儒家并不认为这样的人有多么伟大，反而会对他严加提防。但是自从社会结构改变，封建宗法制国家变成了郡县制的统一帝国，政治伦理渐渐高于家族伦理，所以在忠孝不能两全的时候，忠往往会排在孝的前面。“天地君亲师”这个经典排序始于东汉，“君”已经排在“亲”的前边，但这个排序直到明代后期才真正流行起来，更是直到清代雍正年间才被正式纳入国家祀典。“君”与“亲”孰先孰后，这是古人很难抉择的问题。

上、下，几乎是一个瞬间，像一段流畅的电影画面呈现在眼前。这样一个翩翩少年，身上不仅仅有战功和美名，还有倜傥潇洒。曹植称赞他，“狡捷过猴猿，勇剽若豹螭。”他的矫捷灵巧赛过猿猴，他的勇猛堪比豹子、飞龙。到这里，说的还只是少年游侠的风采，如果这首诗在这里结束，留给你的印象只是他表演一样的风采而已。

真正的侠客，要看他的内心。“边城多警急，虏骑数迁移。羽檄从北来，厉马登高堤。”这个时候，国家有危难，边城连连告急，插着羽毛征召的檄文接连不断从北边飞来。少侠急促地拍着白马，登上了高处，极目远眺，说出了他的誓言，“长驱蹈匈奴，左顾凌鲜卑。弃身锋刃端，性命安可怀？”这一个“蹈”字用得好，他不是去搏杀，而是长驱直入，直接冲入匈奴腹地，把匈奴踩在脚下。“左顾凌鲜卑”，那时，匈奴、鲜卑、羯、氐、羌都是外敌，匈奴、鲜卑是两大支。这里用了两个动词，一个是“蹈”，一个是“凌”，这个“凌”也是凌驾其上，完全不把敌人放在眼中。对阵疆场，先胜利的是气概，气胜，这个人就已经胜出了。要有这种气概，就要把生死置之度外。“弃身锋刃端，性命安可怀？”在刀光剑影之间，人还想着保命吗？

保命，就保不了江山，所以他完全不管性命了。那他的家人呢？“父母且不顾，何言子与妻。”中国人讲孝道，孝道是根本。但是国家有难，忠孝不得两全，他连父母都顾不上，就更顾不上自己的妻儿了。为什么这样奋不顾身？“名编壮士籍，不得中顾私。捐躯赴国难，视死忽如归。”因为自己在征兵名册上，边关有警，国家有难，不能自私，“捐躯赴国难”，死得其所，就是一个英雄的最终归宿。

这种视死如归的英雄气概，从曹植的《白马篇》中风发扬厉，千古而下。这种气概出自文人的笔端，成为文人的豪情大梦。

仔细想一想中国文人的这种传统，是一件很有意思的事情。记得在最早读《史记》△的时候，我总是陶醉于《史记》的小说笔法。高渐离击筑和专诸刺吴王僚的故事，就出自《史记·刺客列传》。《刺客列传》写了六个人，每个人都栩栩如生。司马迁用他的一支凌云健笔，刻画了多少英雄豪情！在战场上，项羽△△被敌人追赶，只需要回头瞋目大喝一声，赤泉侯杨喜，“人马俱惊，辟易数里”，连人带马跑多少里都勒不住。这么戏剧化的场面，谁看过呢？但是司马迁写出来了。写垓下之围，身边只剩下二十八骑，项羽对他们说：“我愿为诸君快战……溃围、斩将、刈旗。”我为你们冲出重围，杀进五千汉军的阵地，取对方将士的首级，拔了他们的旗子。这就是气概！“溃围”，把敌人的包围冲散，我们可以理解为逃生，何必还要去斩将，还要去刈旗呢？因为他是英雄，他不愿苟活，他要的是精神上昂扬的胜利，所以他说：我就算死了，也要让你们知道，是

△《史记》：原名《太史公书》。西汉司马迁撰。中国第一部纪传体通史。

△△ 项羽（前232—前202），秦末农民起义军领袖。名籍，字羽，下相（今江苏宿迁市西南）人。楚将项燕之后。少有大志。秦二世元年（公元前209年），从叔父项梁在吴（今江苏苏州）起义。项梁战死后，秦将章邯围赵，楚怀王任宋义为上将军，羽为次将，率军往救。宋义到安阳（今属河南）逗留不进，他杀死宋义，亲率兵渡漳水救赵，在巨鹿之战中摧毁秦军主力。秦亡后，自立为西楚霸王，并大封诸侯王。楚汉战争中，为刘邦击败。最后从垓下（今安徽固镇东北，沱河南岸）突围到乌江（今安徽和县东北），自杀。

"天亡我，非战之罪"。不是因为他打仗不行，是苍天要亡他，他没有过错。最后他来到乌江边，只有一条小船，亭长摇着船等他，告诉他追赶的五千汉军没有船，让他赶快过河，回到方圆千里的江东称王。这一刻，项羽知道自己可以活下来了，于是他决定不要性命了，因为他的尊严让他不能上船：我当年带出八千子弟兵，今天无一生还。纵然江东父老爱我怜我，我有何面目见他们啊！这个时候，他展示出内心深处的柔软慈悲，连一匹马都舍不得杀，他说：我的乌骓马跟随我身经百战，我把它送给你这位忠厚长者吧。他带着最后剩下的二十多人，全部下马，持短刃迎向五千汉军。这是何等从容赴死的气度！他最后又连杀了上百人，身上那么多创伤，杀得厌倦了，他也不会死于敌人的剑下。忽然看见从楚军投到汉军的骑兵司马吕马童，项羽叫他：你原来不是我的故交吗？这个故人居然没有认出他来，项羽擦了一把脸上的血污，吕马童一惊，跟大将王翳说，这就是项王！项羽对吕马童说：我听说，得到我项上人头可以领到千两黄金，还可以封侯，今天我送你个人情。说罢拔剑自刎。

每次想起这样一个一个场面，我都能更深地理解，鲁迅先生为什么把《史记》叫作"无韵之《离骚》"。散文虽然没有韵脚，但这样的文字，长歌当哭，难道不是最伟大的诗篇吗？什么是诗？真正的诗，不是那些分行押韵、整齐错落的句式，真正的诗是一种心情，是一种状态，是一种人格，是一种人在世间的尊严和自由。

今天，我们说的是汉语，写的是汉字，我们的民族叫汉族，这一切来自高祖刘邦所开辟的大汉，但是，在我们的观念里，高祖的形象永远比不上那个英年早逝的西楚霸王。是谁给了我们这样的成见？恰恰就是太史公司马迁。得了江山，奠定大汉，又怎么样？一直到今天，为什么那么多电影、小说，不断地改编着"楚汉之争"的题材？因为项羽失了天下，得了英名。而刘邦得了江山，却丢了名誉。司马迁写下的这些英雄侠客，一直都占据着中国人的心。

在历史判断和道德判断的夹缝中，我们看见中国文人心中永不泯灭的侠客梦。太史公是在歌颂项羽吗？太史公是一直在歌颂自己心中的大梦。不然的话，他不会为了李陵去冒死上谏，他不会对这样一个平生没有交情的人有这么深的同情，他也就不至于因此被下狱，被处以宫刑。李陵是汉代飞将军李广的嫡孙。从李广那个时候，这种征战边关的英雄豪气就已经有了。多少年后，唐人不还是在吟唱“秦时明月汉时关”吗？不是还在想“但使龙城飞将在，不教胡马度阴山”吗？何况李广的时代距离司马迁那么近，他的心中放不下李广，也放不下李陵，他要冒死去替他们辩护。他是一个书生，辩护不起作用，改变不了李陵被满门抄斩的命运，同时他还搭上了自己。他内心惨痛吗？他的人生失败吗？自历史角度来看，我觉得他太成功了。倘若不是这样，怎么能够诞生一部独成一家之言的《史记》？倘若不是这样，又怎么能够留下千古文人的侠客大梦？

◆ 诗人简介 ◆

曹植（192—232），三国魏诗人。字子建，沛国谯县（今安徽亳州）人。诗歌多为五言，前期之作多抒写人生抱负及宴游之乐，也有少部分反映了社会动乱。后期诸作集中反映其受压迫的苦闷和对人生悲观失望的心情。其诗善用比兴手法，语言精练而辞采华茂，对五言诗的发展有显著影响。也善辞赋、散文，《洛神赋》尤著名。

热血诗情：醉卧沙场君莫笑

中国文人的这种侠气，一路浩荡而下，从未停歇；这样的一种剑气，从骨子里、血脉中，一路流传，到大唐盛世，终于开辟了一个诗派——边塞诗派。边塞是铁血英雄浪漫情怀的着陆点，在边塞，有时候为的不是功勋，不是成败，为的只是一段生命的漂亮挥洒。我们今天念起“葡萄美酒夜光杯，欲饮琵琶马上催。醉卧沙场君莫笑，古来征战几人回”，这是真的去打仗吗？去了，他就为醉卧沙场；去了，他就没想过再回来。一个不为生还的死士，用自己的满腔热血，挥洒诗思豪情，只有在大唐，才能够有这样的诗派，能够有这样生命的光芒。

所以，有个人的诗篇被称为“诗上的长城”，这个人就是王昌龄。作为大唐豪情的一个样本，他写了多首《从军行》。“青海长云暗雪山，孤城遥望玉门关。黄沙百战穿金甲，不破楼兰终不还。”“穿金甲”就如同李白说的“碎铁衣”，就算是一件布衣，你把它穿破穿烂穿碎，也不容易。他们身上的是金甲，那是铜做的铠甲。金属铠甲都能

诗歌详注

[唐]王翰《凉州词》[1]

葡萄美酒夜光杯，
欲饮琵琶马上催。[2]
醉卧沙场君莫笑，
古来征战几人回。[3]

[1] 凉州词：这并不是诗歌的题目，而是指凉州歌的唱词。唐玄宗时期，有人搜集了西域的很多曲谱进献朝廷，唐玄宗安排音乐机构把这些曲谱做了改编，再配上歌词来演唱。曲谱来自哪个地方，就以当地的地名来命名这个曲子，凉州歌就是来自凉州的曲子。很多诗人都喜欢这个曲子，纷纷为它填写新词，王翰这首《凉州词》就是其中之一。

[2] 葡萄酒、夜光杯、琵琶，都是西域之物。这首诗一开始就把浓浓的边疆风情写了出来。边疆将士们饮酒作乐，有人在马上弹奏琵琶，以音乐来劝酒，场面相当热闹。

[3] 沙场（chǎng）：战场。“醉卧沙场君莫笑，古来征战几人回”，这是以饮酒将士的第一人称的口吻来讲，显出了豁达的心态与视死如归的豪情。

知识点

这首诗历来有两种解读：一是说这首诗是一首悲怆的反战诗歌，情绪是消极的；二是说是写酒宴上的热闹与豪爽，情绪是积极的。这两种解读在字面上都可以成立，但是，正如清代的一位诗评家说的：这首诗如果当作悲伤语来读，艺术上就显得浅白，只有当作谐谑语来读才会显得精妙。

磨穿，那是何等艰苦险恶的环境啊！但人心还是不甘，人还不愿归来，只因为楼兰未破。边塞诗写的是成败吗？不是，它写的是一往无前、永远不死的气概。

还是《从军行》：“大漠风尘日色昏，红旗半卷出辕门。前军夜战洮河北，已报生擒吐谷浑△。”这是胜仗，是报捷，雷厉风行，呼啸而下。“红旗半卷出辕门”，为了减小阻力，半卷着红旗急速行军，这也让我想起来岑参说的“风掣红旗冻不翻”，这是朔朔大漠中的一道独特景观。旗帜本来应该猎猎招展，但是被大雪风霜打得湿透，被冻住了，飞扬不起来。在这样的环境下，战士依然勇往直前，势同破竹，“已报生擒吐谷浑”。上一首还是“不破楼兰终不还”，这一首已传捷报。

诗人往往不写战争的过程，而只写一个诗意的瞬间：边关之上，不仅有昂扬的斗志和醉酒纵歌的豪迈，也有深沉隽永的忧愁。还是王昌龄的《从军行》：“烽火城西百尺楼，黄昏独坐海风秋。更吹羌笛关山月，无那金闺万里愁。”你看看这个地方，烽火城已经足够远，百尺楼已经足够高，如此危耸的景象，再加上时间是黄昏，季节是深秋，心意沉沉，“更吹羌笛关山月”。这样一个雄阔、豪迈、慷慨、苍凉的战场，荒寂的原野，笛声呜咽，突然之间，涌起无边无际、如烟如缕的忧伤，那是远方的“无那金闺万里愁”。尽管人在边关征战，但在战场之外，在和平的家园，毕竟还有着遥远的牵挂……

边塞诗中，闺怨也是一个千回百转的主题。他们有埋怨，有失落，有痛楚，有忧伤，征人思亲，怨妇怀远，但我们看到的更多还是诗人们在辉煌盛世的自觉。边塞是英雄生命中不可剥夺、不可磨灭的璀璨篇章。他们在大漠边陲之上，让自己的生命迸发出不同凡响的光彩。

边关之上，连风景都是不同的。王维以监察御史的身份出塞劳军，写下著

△ 吐谷（yù）浑：中国古代民族，在今甘肃、青海一带。隋唐时曾建立政权。

名的《使至塞上》。“单车欲问边，属国过居延。征蓬出汉塞，归雁入胡天。”这时王维三十多岁，刚刚经历了他仕宦生涯中的浮沉，去边塞慰问刚刚打了胜仗的军队，轻车简从，心中有孤单，但更有豪迈。“征蓬出汉塞，归雁入胡天。”正是春天，大雁从南方飞到北方。一路前行，有什么奇特的景致呢？“大漠孤烟直，长河落日圆。”《红楼梦》里香菱学诗，就是从这首诗学起，就琢磨这个句子。“烟”和“直”，多么平常的字。他没有说孤烟渺渺，孤烟飘飘，他说孤烟是直的。只有在一望无际的空旷之地，烟才可能是直的，因为周围没有建筑，没有那些气流来回冲撞，黄沙莽莽，无边无际，没有云影，没有风痕，只有远方一缕孤烟笔直地冲上青天。“长河落日圆”，蜿蜒的河道，落日低垂在水面，河水闪着粼粼的波光，这一刻，大漠落日，红、壮、艳，都不足以形容，只有最朴素的这个“圆”字，才恰当、妥帖。没有一点点干扰的圆圆的落日，这个景象长久地在我们心里刻下烙印。“萧关逢候骑，都护在燕然。”碰到了侦察兵，前方军队已经到了燕然山。唐诗中还有一句“燕然未勒莫论△功”，打不到燕然山，算不上有功业；唐军已经打到燕然，说明是大捷，大胜仗。

从标准意义上来讲，王维写的还不是边塞诗。说到边塞诗，一定要说到岑参。和高適不同的是，岑参不写战况，而是写战况之外的浪漫奇情。“忽如一夜春风来，千树万树梨花开”，就是岑参的名句。边塞没有梨花，时间也不是春天，而是天寒地冻的时刻。诗人没有写战士怎么苦，边关生活怎么艰辛，而是写一夜飞雪。这场雪就像春天的梨花，千树万树，雪有多大，梨花就有多盛，大雪纷飞正如梨花盛开繁密洁白。这是一幅多么奇异瑰丽的景象！大雪之美是眼前的实景，梨花之美是记忆中的虚景。大雪之美，让将士们忘记了边关的苦寒，想起了曾经看过的春天，曾经欣赏过的梨花……这样一种塞上风景，这样一种人心感动，这样一种豪气干云，今天想起来，一幅幅画面，还都

△ 论（lún）：衡量，评定。

栩栩如生。

我们再来看，封常清出征，岑参写下的豪迈送别诗：《走马川行奉送封大夫出师西征》。“君不见走马川行雪海边，平沙莽莽黄入天。”起笔跌宕错落，用了乐府惯用的发问，而不像律诗整齐的句子，给你四平八稳、心境悠闲的格局，这样的起句让你觉得边塞之上，一切都是这样跌宕，这样突如其来。走马川，雪海边，平沙莽莽，一望无际，沙漠一直连向天边。“轮台九月风夜吼，一川碎石大如斗，随风满地石乱走。”三句一段，最不稳定。“轮台九月风夜吼”，我们想想江南九月是什么样，正是柔软的、丰收的、灿烂的季节，但在轮台，在边关，九月已经吹起呼呼朔风了。

“一川碎石大如斗”，这句话说得太有意思了，“碎石大如斗”，有斗那么大的碎石吗？边关人眼里的“碎石”就都有斗那么大。一个人的视野，往往是主观的。他的坐标有多大，对应到他眼前的事物，就会有相应的关系。寓言《小马过河》里讲，小马去过河，遇到小松鼠，小松鼠说：“你千万不要过去，我有个同伴都淹死了，河水很深！”小马吓得往回跑，又碰见黄牛，黄牛告诉它：“你蹚过去吧，河水才没蹄子，没问题。”小马问妈妈：“它们怎么说得都不一样？”最后，它自己走过去才知道，松鼠太小，所以觉得河深，黄牛太大，所以觉得河浅。一个人的视野不也是如此吗？《逍遥游》写鲲鹏，鲲那么大，水中的一切跟它相比都是小；鹏飞那么远，当大鹏鸟展翅飞越青天的时候，那些蓬间雀又算得了什么？这就是生命坐标的对比。边塞诗为什么豪迈？边塞诗里为什么总有奇情？就是因为在这里，大如斗的石头被他们叫作“碎石”。那你就想问一问，不碎的石头得有多大啊？可能就是我们眼前的一块山包，人家看起来无非就是块石头。

这样的“碎石”，已经很大很壮观了，但它们却是“随风满地石乱走”，被风吹得像小石子一样满地乱滚，那风该有多大啊！这就解释了什么叫“轮台九月风夜吼”，呼呼朔风，满地大石乱走。这个时刻，“匈奴草黄马正肥，金山西见烟尘飞，汉家大将西出师。”又是三句，草黄马肥，是对方最有战斗力的时候，报警的烽火狼烟同匈奴铁骑卷起的尘土一起飞扬，而代表着大唐的将军，便在此时出征！“将军金甲夜不脱，半夜军行戈相拨，风头如刀面如割。”又是三句，将军夜不能寐，身上的铠甲不能脱。岑参诗里也说过“都护铁衣冷难着”，铁传导热，把身上的热气都散发出去，人穿着铁衣，冻得透心凉。为什么“金甲夜不脱”？因为是连夜急行军，“半夜军行戈相拨”，在沉沉静夜，大军趁黑疾行，铁戈相碰，当当作响。白天的大风都吹得石头遍地走，这深夜寒风吹在脸上会怎么样？“风头如刀面如割。”小说里写到北方的冬天，会有一个比喻，北风像小刀子一样割在脸上。那一刀一刀割在脸上是什么感受啊！人如此，再看战马，“马毛带雪汗气蒸，五花连钱旋作冰”。马在跑，身上的热汗蒸腾，雪落在马身上被热汗融化，天气如此冷，刚刚蒸腾出来的热气，立刻在斑驳的马毛上凝结成冰。这么奇特的景象，我们想是想不出来的。人、马，他们的那一点热量刚刚挥发，跟冷空气蓦然相凝，也许是零下二三十摄氏度，甚至可能会更冷。在这样的地方，人要有什么样的意志才能去征杀？这不仅是一种意志，还是一种信仰。边塞是信仰筑起的长城。行军在战场，双方下战书，要写檄文。檄文写不了，为什么呢？“幕中草檄砚水凝”。将军在前线已经支起大帐，准备指挥战斗，墨汁刚刚磨出来，就被冻上了。这得有多冷？一个蘸墨写字的时间都留不出来，砚水就凝固了。这一切在我们的经验系统之外，让我们啧啧称奇。

“虏骑闻之应胆慑，料知短兵不敢接，车师西门伫献捷。”有这样的英雄气概，还用得着打仗吗？豪情摧枯拉朽，敌人气势已然先败，所以，等待捷报吧，不久就必定会传来胜利的喜讯！

我们无法舒展开，跟着一首首边塞诗去揣度那些英雄梦想，那些侠客豪情，那些保家卫国的功勋之后的血泪，甚至生命；我们更没有办法了解，有多少“春闺梦里人”已经成了“无定河边骨”。我们知道，边塞有怨，有恨，但是豪情终将战胜一切。这就是文人心中不肯凋零的英雄大梦。

◆ 延伸阅读 ◆

唐 · 武元衡《幕中诸公有观猎之作因继之》

刀州城北剑山东，甲士屯云骑散风。
旌旆遍张林岭动，豺狼驱尽塞垣空。
衔芦远雁愁萦缴，绕树啼猿怯避弓。
为报府中诸从事，燕然未勒莫论功。

唐 · 岑参《白雪歌送武判官归京》

北风卷地白草折，胡天八月即飞雪。
忽如一夜春风来，千树万树梨花开。
散入珠帘湿罗幕，狐裘不暖锦衾薄。
将军角弓不得控，都护铁衣冷难着。
瀚海栏干百丈冰，愁云惨淡万里凝。
中军置酒饮归客，胡琴琵琶与羌笛。
纷纷暮雪下辕门，风掣红旗冻不翻。
轮台东门送君去，去时雪满天山路。
山回路转不见君，雪上空留马行处。

唐 · 岑参《走马川行奉送封大夫出师西征》

君不见走马川行雪海边，平沙莽莽黄入天。轮台九月风夜吼，一川碎石大如斗，随风满地石乱走。匈奴草黄马正肥，金山西见烟尘飞，汉家大将西出师。将军金甲夜不脱，半夜军行戈相拨，风头如刀面如割。马毛带雪汗气蒸，五花连钱旋作冰，幕中草檄砚水凝。虏骑闻之应胆慑，料知短兵不敢接，车师西门伫献捷。

唐 · 陈陶《陇西行》

誓扫匈奴不顾身，五千貂锦丧胡尘。

可怜无定河边骨，犹是春闺梦里人。

◆ 诗人简介 ◆

岑参（约715—770），唐诗人。世称岑嘉州。其诗与高適齐名，并称“高岑”。长于七言歌行。由于从军西域多年，对边塞生活有深刻体验，善于描绘异域风光和战争景象。其诗气势豪迈，情辞慷慨，语言变化自如。

男儿何不带吴钩，收取关山五十州

不仅仅是边塞诗，豪情是整个大唐生命的基色。为什么李贺那样纤弱的诗人，都会说“男儿何不带吴钩，收取关山五十州”？因为他自己也曾经写下充满奇情的诗篇，比如他写的《雁门太守行》。

李贺是一个特别善于使用浓郁色彩的人，他用的色彩跟中国传统文化中的色彩完全不同。我们在此前讲过各式各样的春天、秋天，朝霞暮景，明月皎皎，都是从清浅的中式水墨画中流淌出的颜色。但李贺的颜色，很像西方的油画，用得太浓了，下笔太重。短短二十七岁的生命，不用如此浓烈的色彩，不足以和这个世界抗衡。他没有太多的光阴足够从容，他留下的是那样一种与众不同的不朽。

“黑云压城城欲摧”，起笔这一句让我们蓦然心惊，很少有人这样起笔。这是什么时间？这是夜将尽天将亮的时刻，这是出征之前。这是什么气氛？是面对强敌的压抑氛围。沉沉的黑云压下来，压得城池几乎要坍塌了。这七个字给我们心上压了多重的分量！“甲光

◆ 诗歌详注 ◆

[唐]李贺《南园十三首》（其五）[1]

男儿何不带吴钩，
收取关山五十州？[2]
请君暂上凌烟阁，
若个书生万户侯？[3]

[1] 南园是李贺的家园，他回家乡居住的时候写了一组诗，统称为《南园》。

[2] 吴钩：代指利刃。吴钩原本是指春秋时代吴国打造的一种短刀，刀刃有弧度，所以称钩。当时的吴国很擅长打造兵器，尤其擅长制造刀剑。在李贺生活的时代，剑的实用性已经大大降低，刀取代了剑成为军队最主要的近身武器。所以刀和剑在文学作品里的象征意义也有了变化：剑与豪侠和军事指挥者的形象联结得更深，刀与真正在疆场杀敌的军人的形象联结得更深。李贺这首诗是说读书不如建立军功，男儿要做的事情不是行侠仗义，而是“收取关山五十州”，所以这个“男儿”应该以佩刀的形象而非佩剑的形象出现。

收取关山五十州：在李贺生活的时代，藩镇割据的情况已经相当严重，中央政府能够实行有效管理的地方越来越少了。文人们一方面觉得“天无二日，民无二主”，中央必须恢复集权统治才好；而另一方面，藩镇割据造成了一种竞争模式，人才如果在中央得不到重视，还可以转投藩镇效力。所以文人们对藩镇割据这种情形其实心里是有点纠结的。李贺支持中央一统的态度很坚决，所谓“收取关山五十州”并不是指一般意义上的收复失地，而是要把那些被藩镇控制的地方重新夺回中央的控制。

[3] 请君暂上凌烟阁，若个书生万户侯：唐太宗曾在凌烟阁上悬挂了二十四位

开国功臣的肖像，这二十四个人里没有一个是书生。

◆ 知识点 ◆

李贺在科举的道路上很不顺利，这首诗是他在激愤之下发表的一种读书无用论。事实上，越是在乱世，人们越有可能通过非常渠道建立非凡的功业，即便是中等之才，只要政治上站对了队，也可以封妻荫子，而在和平年代，人们更需依靠常规渠道来按部就班地挣得功名利禄。李贺生活的年代虽然有藩镇割据，但是和隋朝末年的乱局还是远远不能相比的。只是李贺在科举之途上受到了太多的刁难，所以难免会产生另辟蹊径的心理。

向日金鳞开”，将士们穿上铁甲，面向东方，准备出征，忽然间，一股力量升腾而起，铠甲反射出道道金光，冲破黑云。天亮了，太阳出来了，大军齐整，片片铁甲像金色的鱼鳞一样闪耀，斗志昂扬。

“角声满天秋色里，塞上燕脂凝夜紫。”这两句十四个字，是听觉和视觉，声音和颜色的混融。上一句是写听觉、声音，耳朵里悲壮的号角声此起彼伏，连绵不绝，和眼睛里的秋色融合在一起。什么是秋色？地上紫色的草凝成一块一块的，鲜艳，凝重，沉滞。“塞上燕脂”，用了一则汉朝的典故：匈奴连连被汉朝的大军击败，于是作歌：“夺我祁连山，令我妇女无颜色。”祁连山盛产燕脂草，匈奴女人用这种草来研磨胭脂，当祁连山被汉军夺取之后，匈奴女人便没有胭脂可用了。李贺诗句里暗用这则典故，形容在大军压境时，塞上燕脂也为之失色。回过头再看色彩，天边黑云之下舒展开的霞光，黑色、紫色、金色，像油画的色彩吧。如此沉郁浓重，完全不是中式水墨画中常见的颜色。

“半卷红旗临易水，霜重鼓寒声不起。”军队悄悄接近了易水边。有些风景之所以让人铭心不忘，是有一个时刻，你会觉得有一种清晰的疼痛，镌刻在记忆里。鲜艳的红旗刺痛我们的眼睛，让我们永远铭记。红旗为什么是半卷？为什么不能猎猎招摇？因为它已经被秋霜打湿，太沉太重，飘不起来。同样是因为浓霜打湿了鼓面，使鼓声在沉闷中带着一种婉转低回的悲慨。

战斗在易水边发生，就是今天的河北易县，那里最著名的古迹就是黄金台，相传是战国燕昭王所筑，为了招募人才，放了千金在台上。“报君黄金台上意，提携玉龙为君死。”李白说过“感君恩重许君命”，李贺也是一样，战场上的战士们也是这样，为了报效国家，为了知遇的君恩，提携玉龙宝剑去战斗，何惜性命。

这首诗不能被归入边塞诗，但这首诗里有英雄豪情。豪情如画卷，有些墨重，有些墨轻，疏淡与浓郁之间，挥洒出每个人心中的英雄容颜。

也是在边塞，也是在一个冷冷清秋，范仲淹写下《渔家傲·秋思》。大家想想，边塞上为什么不写春天？春雨属于江南，江南有杏花；秋风属于塞北，塞北骋豪情。用杏花去匹配豪情，压不住；用大漠朔风去写春天，也不是一个调性。所以我们看见的大多数边塞诗，写的都是秋冬，北方的深秋特别早，寒冬特别长，春和夏在还没有看清的时候，一个转身就飘远了。这就是范仲淹说的“塞下秋来风景异，衡阳雁去无留意”，塞外的风景和内地不一样，你看看，大雁毫不犹豫地南飞，丝毫不愿意停留。“四面边声连角起”，这个时候，角声突然扬起，展目看去，“千嶂里，长烟落日孤城闭”。一个“闭”字，境界全出。千嶂落照，山川秋色，映着雄关，雄关肃穆掩住了大门。

雄关里的人在干什么？“浊酒一杯家万里，燕然未勒归无计。羌管悠悠霜满地。”这个时候，守着一杯浊酒，心中百转千回，也想归乡，但没办法，“燕然未勒归无计”，燕然山上还没有刻下自己的名字，还没有立下赫赫战功。“羌管悠悠霜满地”，又一次听见乐声扬起，上半阕是四面角声，下半阕是四面羌笛。角声豪迈，让人看见悲壮雄关，羌笛则勾起人的悠悠情思，“人不寐，将军白发征夫泪！”将军被羌笛催白了头，征夫被羌笛催下了泪，一代一代的戍边人，就以这样的代价守住家国。

这也不是边塞诗，但这里面也有豪迈，也有梦想。

◆ 延伸阅读 ◆

唐 · 李贺《雁门太守行》

黑云压城城欲摧，甲光向日金鳞开。
角声满天秋色里，塞上燕脂凝夜紫。
半卷红旗临易水，霜重鼓寒声不起。
报君黄金台上意，提携玉龙为君死。

北宋 · 范仲淹《渔家傲 · 秋思》

塞下秋来风景异，衡阳雁去无留意。四面边声连角起。千嶂里，长烟落日孤城闭。　　浊酒一杯家万里，燕然未勒归无计。羌管悠悠霜满地。人不寐，将军白发征夫泪！

◆ 诗人简介 ◆

范仲淹（989—1052），北宋政治家、文学家。字希文，苏州吴县（今江苏苏州）人。工于诗词散文，所作文章富于政治内容，词传世仅五首，风格较为明健。《岳阳楼记》中“先天下之忧而忧，后天下之乐而乐”的名句，传诵千古。

◆ 诗歌详注 ◆

[南宋]陆游《书愤》

早岁那知世事艰，
中原北望[1]气如山。
楼船夜雪瓜洲渡，
铁马秋风大散关。[2]
塞上长城[3]空自许，
镜中衰鬓已先斑。
出师一表[4]真名世，
千载谁堪伯仲间。

[1] 中原北望：陆游生活在南宋时代，当时的中原地带已经被金人占据，陆游一辈子都渴望收复中原失地。

[2] 楼船夜雪瓜洲渡，铁马秋风大散关：这是追述二十五年前的两次抗金胜仗。宋高宗绍兴三十一年（1161年）冬，金主完颜亮率大军南下，企图从瓜洲渡江南下攻建康（今南京），被宋军击退。次年，宋将吴璘从西北前线出击，收复了大散关。楼船：高大的战船。瓜洲：在今江苏邗江南大运河入长江处，为江防要地。铁马：配有铁甲的战马。大散关：在今陕西宝鸡西南，是军事重地。

[3] 塞上长城：比喻擅长守边的将领。陆游武艺很好，也很喜欢研究兵法，他还曾在军队里做过参谋工作，一直都希望能在军事上建功立业。

[4] 出师一表：指诸葛亮的《出师表》。《出师表》里"奖率三军，北定中原……兴复汉室，还于旧都"正是陆游一生挂怀的事情。

◆ 知识点 ◆

"楼船夜雪瓜洲渡，铁马秋风大散关"，这一联最能体现中国古典诗歌的艺术特点。两句诗，十四个字，完全是名词

国仇未报壮士老，匣中宝剑夜有声

再说一个人，陆游。提起他的名字，大家首先会想起"爱国"二字。他这一生，不仅没有看见大宋江山的收复，反而目睹了它的日渐颓败。陆游的剑能干什么呢？"国仇未报壮士老，匣中宝剑夜有声。"国仇一直未报，人已经老去，只能把宝剑收在匣子里。深夜人难以成寐的时候，宝剑犹自不甘，似乎也在铮铮作响，这是多么让人心惊的意象。

陆游的《书愤》里写道："早岁那知世事艰，中原北望气如山。"陆游年轻的时候，也有自己的青春意气、报国梦想。谁年轻的时候没有过疏狂？谁年轻的时候没有过放任？谁不心怀家国天下，自诩可以建功立业？哪知道，世事如此艰难，要耗尽一生的年华，志向却不得实现。他去过一个一个抗金的前线，"楼船夜雪瓜洲渡"，这时他在镇江，镇江对岸是瓜洲渡，水上的战斗发生在一个雪夜。"铁马秋风大散关"，这是陆地的战斗，发生在宝鸡西南的大山岭。这两句说的是他的中年。从早年到中年，凭着一腔意气行遍千山。到了晚年的时候，"塞上长城空自许，镜中衰鬓已先

斑。”想当初我的心愿是为祖国扫除边患，自诩有大将之才；今天，我已垂垂老矣，终于知道“年华不待江山老”，对镜自照，衰鬓斑白，而中原还是没有收复。于是他想起当年的诸葛亮，“出师一表真名世，千载谁堪伯仲间。”

留下来这样一份忧伤吧，留下来这样一个大梦吧，还能如何呢？年轻的时候，壮气如山，还不知道世事艰难的时候，陆游也曾经志在万里。所以他自己填词说：“当年万里觅封侯，匹马戍梁州。”这里用了班超投笔从戎，立功异域取封侯的典故，不想做一介书生的陆游也曾只身策马，奔驰万里，跑遍抗金前线。这样一个“匹马戍梁州”的英雄，如今“关河梦断何处，尘暗旧貂裘”。陆游这样一个江南才子，满怀壮志去抗金，在前线仅仅半年就被调离，失地还没有收复，梦落在何处？只有落在自己的旧战袍上。“尘暗旧貂裘”——“貂裘”用的是苏秦的典故，苏秦在秦国不得重用，空耗岁月，貂裘残破之后失望而归——灰尘穿过岁月，当年的战袍已经暗淡，人心也暗

的堆砌，是意象的罗列，没有一个动词和形容词。我们试想一下，同样的意思如果用英语来表达，无论如何都要加上一些冠词和动词，还必须把时态体现出来，然而这样一来，必然会把原句的意境缩窄。

中文的模糊性很强，在说明文和议论文的写作上表现平平，却仿佛天生就是用来写诗的；英文的精确性很强，擅长说明和议论，写诗却局限多多。到了二十世纪，有一些西方诗人接触到了中国古典诗歌，发现了这个差异，于是试着用英文来写“罗列意象”的诗歌，把诗句写得简洁，尽可能地略掉动词和形容词，渐渐形成了一个叫作“意象派”的新的诗歌流派。

淡了，容颜也暗淡了，江山也暗淡了，一切都在世事艰辛中暗淡下去。人已垂垂老矣，“胡未灭，鬓先秋，泪空流”，这三句放在这里，有着深沉的无奈。胡人未灭，自己先已衰老；英雄不肯轻易弹泪，陆游回首一生，想到伤心处，双泪长流。“此生谁料，心在天山，身老沧洲。”原先怎么也没有想到，这一生就这样度过了。人还在此际，心已在远方，心还在祁连山上搏杀疆场，梦想建功立业收复故国，而现实里最终身老江湖，一无所获。

陆游在弥留之际，还留下了他千古不朽的诗篇——《示儿》。一个人走过八十多年的岁月，想要跟自己儿孙交代的事得有多少？在奄奄一息的时候，要用尽全身心的力气托付的，一定是最重要的事。这个时候，他以短短一首七绝，说出了他平生的心事：“死去元知万事空，但悲不见九州同。”他今天要走了，本来就知道，人一死所有的事情都已无所谓了，名、利、情都放下了，唯有一点放不下：“但悲不见九州同。”江山依旧破碎，以他的气力实在等不到家国的统一了。“王师北定中原日，家祭无忘△告乃翁。”千古之后，我们读这一句，仍会蓦然心酸。他只有深深地嘱咐孩子们：不要忘了啊，大宋王师北定中原的那一天，一定要到坟头去祭奠我，告诉我这个消息。

他等到了吗？陆游逝世二十四年后，南宋和蒙古联手灭了金，但是六十九年后，南宋又彻底被蒙古灭亡。我一直在想，陆游的儿子们祭奠他的时候，会告诉他什么？他的孙子们祭奠他的时候，又告诉了他什么？江山风雨飘摇，蹉跎变幻，不过几十年。他的坚守，他心里的情思，是他最为深沉的死结，是文人心中最放不下的家国之忧。

今天这个时代，我们会觉得剑已经远离了我们的生活。今天可以有导弹，可以有飞船，可以有各式各样的现代武器。但是，武器这种东西仅仅用在战争中，

△ 忘（wáng）：忘记。

宝剑不然，它是个人生命的道具，冷兵器时代最潇洒、最漂亮的一件道具。它装点的不是战果，而是豪情；它要的不是胜利，而是气概。一个人敢于把自己仗剑送出去，一去不返，走得无悔无怨，就是因为他们知道，人追寻梦想，就是天地之间最伟大的诗篇。

从仗剑远游到边塞歌诗，一路豪情不断，剑气凌霄。中国人的剑气，其实一直流在我们的血脉之中。在一个不用亮剑的时代里，倘若剑气不泯，也许会化成风骨，流露在一个人的眉宇之间，昂扬、潇洒；沉润在一个人的心境之中，疏朗、辽阔。所以我说，真正的剑啸长虹，是惊醒我们心中的侠客大梦。

剑气长存，诗篇不老。

◆ 延伸阅读 ◆

南宋 · 陆游《长歌行》

人生不作安期生，醉入东海骑长鲸。
犹当出作李西平，手枭逆贼清旧京。
金印煌煌未入手，白发种种来无情。
成都古寺卧秋晚，落日偏傍僧窗明。
岂其马上破贼手，哦诗长作寒螀鸣？
兴来买尽市桥酒，大车磊落堆长瓶。
哀丝豪竹助剧饮，如巨野受黄河倾。
平时一滴不入口，意气顿使千人惊。
国仇未报壮士老，匣中宝剑夜有声。
何当凯还宴将士，三更雪压飞狐城。

南宋 · 陆游《诉衷情》

当年万里觅封侯，匹马戍梁州。关河梦断何处，尘暗旧貂裘。胡未灭，鬓先秋，泪空流。此生谁料，心在天山，身老沧洲。

南宋 · 陆游《示儿》

死去元知万事空，但悲不见九州同。

王师北定中原日，家祭无忘告乃翁。

诗酒相伴的年华

隔着朦胧酒意去看，中国诗词中的一切意象，最后都融贯古今，走进我们的生命里。且乐生前这一杯酒，跟着这些酣畅的酒意，把我们的生命酝酿成万古诗情。当生命真的成为一首诗，我们才是真正富有诗意的中国人。

◆ 引子 ◆

对酒当歌，人生几何

要有多少场陶醉，我们才能够酣畅今生？中国人，终其一生是离不开酒的。欢喜的时候，我们开怀畅饮；烦恼的时候，我们借酒浇愁；结婚办红喜事，我们大摆酒席；给老人送终，叫白喜事，我们也要有酒相送。在酒里面，每个人酣畅流连的，是不同的心情。千古以来，一位一位诗人，捧起酒杯，总会勾连出自己的心事，歌咏出来，就叫“诗酒流连”。曹操说——

对酒当歌，人生几何？
譬如朝露，去日苦多。
慨当以慷，忧思难忘。
何以解忧？唯有杜康。

曹操这一段千古喟叹，道尽中国人的诗酒况味。只要人在成长，人生的忧患就会接踵而至。在酒里面，我们怎么样诗意纵横呢？举起这万古一杯酒，喝欢畅，喝愁烦，喝清淡，喝安宁，喝出来的是它里面的那点趣味。

中国人的诗与酒，从来不曾分开。

说到诗酒纵横的年代，一定要提到酣畅淋漓的大唐盛世。大唐的酒意是什么样的呢？王维写《少年行》：“新丰美酒斗十千，咸阳游侠多少年。相逢意气为君饮，系马高楼垂柳边。”少年游侠，偶然相逢，意气相投，柳树边把马一拴，上楼畅饮，何等豪奢呀！所有的酒都来得如此直白，所有的酒都来得毫不犹豫。只有在青春无敌的时代，人们的内心才会这样简单，这样爽朗，人的心中还没有被世事蹉跎，才会有澎湃的天真。这样的酒，在大唐比比皆是。

王维写的是大唐繁华胜地的酒，我们再看看大唐的边塞酒："葡萄美酒夜光杯，欲饮琵琶马上催。醉卧沙场君莫笑，古来征战几人回。"酒是征杀前最豪迈的道具，不问归途，在沙场醉卧的那一刻，生命已经不足为惜。少了这份纵横酣畅，就不是真实的盛唐。

◆ 延伸阅读 ◆

三国 · 曹操《短歌行》

对酒当歌，人生几何？
譬如朝露，去日苦多。
慨当以慷，忧思难忘。
何以解忧？唯有杜康。
青青子衿，悠悠我心。
但为君故，沉吟至今。
呦呦鹿鸣，食野之苹。
我有嘉宾，鼓瑟吹笙。
明明如月，何时可辍？
忧从中来，不可断绝。
越陌度阡，枉用相存。
契阔谈讌，心念旧恩。
月明星稀，乌鹊南飞，
绕树三匝，何枝可依？
山不厌高，海不厌深。
周公吐哺，天下归心。

◆ 诗歌详注 ◆

[唐]王维《少年行》[1]

新丰美酒斗十千，
咸阳游侠多少年。[2]
相逢意气为君饮，
系马高楼垂柳边。

[1] 《少年行》是王维属乐府旧题写的一个组诗，一共四首，写游侠少年的从军历程，这首是第一首。

[2] 新丰美酒斗十千：新丰位于长安附近，以盛产美酒著称。"斗十千"是说酒的价格很高。咸阳：原为秦代首都，这里代指长安。

◆ 知识点 ◆

唐代的"游侠"和我们今天从武侠小说里了解的游侠形象很不一样。从王维这首诗来看，游侠们大多是少年人，而且成群结队，为数众多，自己有马，去的是高档酒楼，喝的是高价酒。但他们的钱并不是靠行侠仗义、劫富济贫得来的，而是因为他们中的大多数人都出身于权贵富豪之家。

历朝历代，皇帝身边的侍卫都会从权贵子弟当中选拔，所以唐代长安的少年游侠们往往会在羽林军里谋个差使。王维《少年行》的第二首就是写游侠少年加入羽林军去边疆作战的事情，写他们不畏艰苦，视死如归，"纵死犹闻侠骨香"。这些权贵富豪的子弟，在王维的笔下，足以成为所有少年人的楷模。

人生得意须尽欢，莫使金樽空对月

酒在大唐，集中表现在一位诗仙身上，就是酣畅千秋的李太白。历来出世与入世，旷达与执着，在一个人的内心很难合融共济，但在李白心中，融合无间，肆意飞扬。李白把儒道融成了自己的一颗心。不仅如此，儒、仙、侠这三种不同的人生追求，也在李白身上统一。儒家是正统派，要修身，要养性，要济世；仙人是逍遥派，要放弃浮华，要遗世独立；而侠客是行动派，要纵横千里，要痛快恩仇。但把它们合而为一，成为自己心中的意气，浩荡壮阔，汪洋恣肆，这又是从李白开始的。把这种种不同思想、不同气概，融合在一身，李白用的就是他的率真，他的酣畅。

关于李白，一语可以概括他的人生："长剑一杯酒，男儿方寸心。"酒几乎是他的信仰。

我们重温一下《将进酒》，看一看酒入豪肠，完成的是什么豪情佳酿？

李白劈空发问："君不见黄河之水天上来，奔流到海不复回。君不见高堂明镜悲白发，朝如青丝暮成雪。人生得意须尽欢，莫使金樽空对月。"这三句诗跌宕起伏，波澜

◆ 诗歌详注 ◆

[唐]李白《将进酒》[1]

君不见黄河之水天上来，
奔流到海不复回。
君不见高堂明镜悲白发，
朝如青丝暮成雪。
人生得意须尽欢，
莫使金樽空对月。
天生我材必有用，
千金散尽还复来。
烹羊宰牛且为乐，
会须一饮三百杯。
岑夫子，丹丘生[2]，
将进酒，杯莫停。
与君歌一曲，
请君为我倾耳听。
钟鼓馔玉不足贵[3]，
但愿长醉不复醒。
古来圣贤皆寂寞，
惟有饮者留其名。
陈王昔时宴平乐[4]，
斗酒十千恣欢谑。
主人何为言少钱，
径须沽取[5]对君酌。
五花马，千金裘，
呼儿将出换美酒，
与尔同销万古愁。[6]

[1] 将进酒：这是古代乐府的题目，在这个题目下的一般都是劝酒的歌词。在李白的时代，《将进酒》的曲调已经失传了。将（qiāng）：请。

[2] 岑夫子，丹丘生：岑勋和元丹丘，二人都是李白的好友。

[3] 钟鼓：古时贵族吃饭时要敲钟，还要把做饭用的鼎排列出来，这都是平民严禁使用的东西。馔（zhuàn）玉：形容食物精美如玉。

[4] 陈王：曹植。平乐（lè）：平乐观，曹植曾在此安排过盛大的酒宴。

[5] 径：即、就。沽：通“酤”，买或卖，这里指买。取：语气助词，表示动作的进行。

[6] 五花马：毛色呈现五色花纹的良马。将出：拿出。

◆ 知识点 ◆

“天生我材必有用，千金散尽还复来”，这是李白这首诗里最有名的句子。这样的话在今天也常有人说，但都是把它作为安慰剂来用的。但李白在这样讲的时候，的确满怀真诚。他真的相信“天生我材必有用”，也真做过仗义疏财、散尽千金的事情。李白年轻时四处游历，在扬州住了不到一年的时间，其间“散金三十余万”，见到落魄公子都会慷慨接济。无论买房、置地、赚钱、存钱、讨价还价，所有普通人每天都要斤斤算计的事情，李白完全不去考虑。他自信自己有治国安邦的本领，不屑和升斗小民一般见识。古时的君子之风是耻于言利的，一个人哪怕地位再高，钱财再多，只要一落算计，整个人也就显得面目可憎了。哪怕人们再喜欢李白的诗，但也很少有人真能学到李白的气度，而没有这种气度，也就写不出这样的诗。

壮阔。黄河之水自天而降，奔流到海一去不返——我们的空间如此广阔。旦暮之间，生命的容颜急速变化——我们的时光如此匆忙。这么大的世间，这么快的年华，我们该怎么办？唯有“人生得意须尽欢，莫使金樽空对月”。这就是李白一生的信仰。既然人生苦短，为什么还要蹉跎光阴？我们为什么还要让酒杯空空，对月兴叹？有酒，有月，有年华，我们不意气风发大醉一场，难道不是一种辜负吗？

“天生我材必有用，千金散尽还复来。”谁能知道天生我材一定有用呢？不是每个人都可以这样评价自己的。我们或者妄自尊大，或者妄自菲薄，或者在羡慕别人的精彩，或者在悲叹自己的不幸，有谁能像李白这样笃定，这样自信？那么，我们且散尽千金，“烹羊宰牛且为乐，会须一饮三百杯。”畅快和欢乐要怎样表现出来？李白经常说“一饮三百杯”，这个人发愁时会说“白发三千丈，缘愁似个长”，他的忧愁有三千丈，他的欢乐就有三百杯。

他呼唤朋友，“岑夫子，丹丘生，将进酒，杯莫停。与君歌一曲，请君为我倾耳听。”来来来，大家一起喝酒，不要停杯啊，听我给你们唱首歌，说一说我的肺腑之言。“钟鼓馔玉不足贵，但愿长醉不复醒。古来圣贤皆寂寞，惟有饮者留其名。”和今天的快乐相比，和杯中酒相比，那些功名啊利禄啊，锦衣啊美食啊，都不重要，醉乡安稳更值得珍惜。看看古代的那些圣贤，他们的生命又怎么样呢？他们只知道兢兢业业，守住一份勤苦的寂寞，而豪饮酣畅的人，才会千古流芳。魏晋时代那些倜傥风流的人，谁不是在酒中酩酊的呀？“陈王昔时宴平乐，斗酒十千恣欢谑。”陈思王曹植当年大宴宾客，一斗美酒十千钱，那真是纵情痛饮啊！咱们也要喝到酣畅，不要吝惜酒，不要吝惜钱。“主人何为言少钱，径须沽取对君酌。”别说钱多钱少，你拿酒就是。“五花马，千金裘，呼儿将出换美酒，与尔同销万古愁。”典裘当马，换成美酒，我和你畅饮销尽这万古长愁，换取此一刻的心情酣畅！

◆ 延伸阅读 ◆

唐·李白《赠崔侍御》

长剑一杯酒，男儿方寸心。
洛阳因剧孟，托宿话胸襟。
但仰山岳秀，不知江海深。
长安复携手，再顾重千金。
君乃輶轩佐，余叨翰墨林。
高风摧秀木，虚弹落惊禽。
不取回舟兴，而来命驾寻。
扶摇应借便，桃李愿成阴。
笑吐张仪舌，愁为庄舄吟。
谁怜明月夜，肠断听秋砧。

醉中自有真天地

在这个世界上，每个人都有自己的信仰，每个人的信仰里都包含着自己的身世和经历。对李白来讲，杯中之物可以消忧寄傲，可以倜傥千古。酒是李白之所以成为李白的理由，没了酒就没了他的精神，没了他的气概。李白也常常被自己的忧思困顿住，他要解脱，他要飞扬，酒就是他的一条出路。我们看一看李白的《行路难》：

金樽清酒斗十千，玉盘珍羞直万钱。
停杯投箸不能食，拔剑四顾心茫然。
欲渡黄河冰塞川，将登太行雪满山。
闲来垂钓碧溪上，忽复乘舟梦日边。
行路难！行路难！多歧路，今安在？
长风破浪会有时，直挂云帆济沧海。

眼前有“金樽清酒斗十千，玉盘珍羞直万钱”，但是蓦然间，“停杯投箸不能食，拔剑四顾心茫然。”有酒盈樽，面对珍馐美味，他还是一顿酒杯，一甩筷子，铮的一声，拔出了长剑。此一刻他的心中有多少难言之隐啊！“欲渡黄河冰塞川，将登太行雪满山。闲来垂钓碧溪上，忽复乘舟梦日边。”在这个世界上，一个人总归是要行走，选择某一条路追求某一个目标，但是哪一条路都不好走。想要渡黄河吧，黄河被冰雪封住了；想要登太行吧，大雪满山无法攀登。水路走不得，陆路行不了，还可以去退隐吧，“闲来垂钓碧溪上”，与世无争可以吗？这句诗用典，说的是姜子牙未遇周文王之前，曾经在磻溪上钓鱼，是谓“姜太公

◆ 诗歌详注 ◆

[唐]李白《拟古十二首》(其三)

长绳难系日[1]，自古共悲辛。
黄金高北斗，不惜买阳春。[2]
石火[3]无留光，还如世中人。
即事已如梦，后来我谁身？[4]
提壶莫辞贫，取酒会四邻。
仙人殊恍惚，未若醉中真。

[1] 长绳难系日：“长绳系日”比喻留住时光。

[2] 黄金高北斗，不惜买阳春：就算把黄金堆到天上，也买不到一点时间。

[3] 石火：火石打出来的火花，比喻事物转瞬即逝。

[4] 后来我谁身：庄子提出过一个想法，说人之所以为人，并不是造物主刻意把人塑造为万物之灵，而只是自然变化中的一个偶然而已，不值得骄傲。人也不必为死亡担忧，因为自然变化是无穷无尽的，一个人就算死了，身体的某一部分也许会被老鼠吃掉并吸收，转变为老鼠身体的一部分，另外某一部分也许会被虫子吃掉并吸收，转变为虫子身体的一部分。从这个角度来看，万事万物都是永恒不灭的，人为什么要担心死亡呢？

◆ 知识点 ◆

李白从少年时代起就有修道成仙的追求，他还向道士拜过师，甚至炼过丹，但是在这首诗里，李白对修仙之道有点幻灭了，觉得人终归会死，时光终归留不住，所以求仙还不如买醉。看李白的一生，政治失意之后就会用求道修仙来排解，如果连求道修仙都怀疑了，就只有到酒乡去排解，诗人的天真性情是经不起挫折的。但是，这种极度天真的性情也有它的妙处，

钓鱼——愿者上钩”，后来得遇周文王，助周灭商。下一句“忽复乘舟梦日边”，也是用典故，伊尹是商朝的名臣，他在出仕之前曾梦见自己飞过太阳旁边，没多久，商汤就发现了他，从此他辅佐商汤取得天下。姜子牙和伊尹都曾辅佐帝王建立过不朽功业，李白借此表明自己仍然抱有远大的志向，但是回首现实：“行路难！行路难！多歧路，今安在？”人生的路啊，这么多不同的歧路，我该如何抉择？“长风破浪会有时，直挂云帆济沧海。”面对人生的抉择，踌躇犹豫的时候，李白毕竟就是李白，他会一瞬间跳脱开来。以他的爽朗自信，凭着酒力诗情，他相信自己终归可以长风破浪，实现大济苍生的志向。

为什么说李白的酒是他的出路？因为他的自我始终都在。大多数人喝酒，越喝越糊涂，但李白的酒，有时候喝到很清醒；大多数人喝酒，是为了忘却，但是李白喝酒，是为了记得。他的自我从不迷惑。所以李白的酒甚至是一句誓言，他写了一首《襄阳歌》，宣称：“百年三万六千日，一日须倾三百杯。”人要是活一百年，也就三万六千日吧，这要每天都喝上三百杯呢。除了李白，谁能有这样的奇思异想！《古诗十九首》里说：“生年不满百，

常怀千岁忧。”我们都觉得今生苦短，来不及去实现自己的愿望，但是李白觉得，他生命的流光很畅快，因为他天天都可以喝酒。

李白在现实中也一直爱神仙，一生好入大山，游仙问道，他行动的超然，使他变成世间的仙人。在《拟古十二首》（其三）里，他说：“长绳难系日，自古共悲辛。”日头你抓得住吗，它不是一下就西沉了吗？“黄金高北斗，不惜买阳春。”时光守不住，用钱能买回来吗？用筑到北斗星那么高的黄金，也赎买不回将逝的青春啊！“石火无留光，还如世中人。”电光石火，转瞬即逝，我们的生命自万古观察，不也是一瞬间吗？“即事已如梦，后来我谁身？”世间事，刚刚发生，就变成了幻梦，我们所正在经历的一切，真的是自己的生命吗？庄生梦蝶，是焉非焉？谁知道真的自我又是谁呢？问完了这一切，恍惚不定，李白得出来的结论不是无奈，而是有为，做什么呢？“提壶莫辞贫，取酒会四邻。仙人殊恍惚，未若醉中真。”为什么我说他醉得清醒？你看，他拿着酒壶，别管现在是家贫还是家贵，有点酒就可以呼朋唤友，四邻皆聚，仙人到底在哪儿呢？仙人的生活虚无缥缈，还不如酣然一醉欢畅得真切！

我们总说，人要清醒地生活，不要迷失自

那就是哪怕再沮丧的时候，只要出现一丁点儿希望的苗头，李白就会立刻兴奋起来，当然，兴奋起来就更要喝酒。幸运的是，命运没有像对待李煜那样对待李白。

己。其实，人清醒的时候，未必明白什么是“真的真实”，不过是在清醒的逻辑关系下把握了取舍的标准。而人在酣畅陶醉之后，是从感性的角度更真实地认识自我，这就叫“未若醉中真”。为什么都说酒后吐真言？平时不敢说的话，仗着酒胆说出来了，平时觉得说出来被人笑话的话，如今不吐不快，所以说酒有时候可以喝得很真。喝到不失控的酣畅，挥洒出那么一点儿带着莽撞的天之本真，醉里自有真天地。

◆ 延伸阅读 ◆

唐 · 李白《襄阳歌》

落日欲没岘山西，倒着接篱花下迷。
襄阳小儿齐拍手，拦街争唱《白铜鞮》。
旁人借问笑何事，笑杀山公醉似泥。
鸬鹚杓，鹦鹉杯。
百年三万六千日，一日须倾三百杯。
遥看汉水鸭头绿，恰似葡萄初酦醅。
此江若变作春酒，垒曲便筑糟丘台。
千金骏马换小妾，醉坐雕鞍歌《落梅》。
车旁侧挂一壶酒，凤笙龙管行相催。
咸阳市中叹黄犬，何如月下倾金罍？
君不见晋朝羊公一片石，龟头剥落生莓苔。
泪亦不能为之堕，心亦不能为之哀。
清风朗月不用一钱买，玉山自倒非人推。
舒州杓，力士铛，李白与尔同死生。
襄王云雨今安在？江水东流猿夜声。

东汉·无名氏《古诗十九首》（其十五）

生年不满百，常怀千岁忧。
昼短苦夜长，何不秉烛游！
为乐当及时，何能待来兹？
愚者爱惜费，但为后世嗤。
仙人王子乔，难可与等期。

三杯吐然诺，五岳倒为轻

有酒为伴，李白的一生过得潇洒，他的《拟古十二首》（其十）里说：“琴弹松里风，杯劝天上月。风月长相知，世人何倏忽？”人有琴、有酒、有风、有月，这一相知，就算是今生苦短，也可以有莫大的安慰。

这样一位诗仙酒仙，在朝中也做过三年官。他做官的时候是什么样呢？他在写给朋友辛判官的诗里说：“昔在长安醉花柳，五侯七贵同杯酒。气岸遥凌豪士前，风流肯落他人后？”人在暮年，写回忆录的时候，都愿意写自己生命里的光荣，喋喋不休对朋友、对子孙说个没完。李白最大的光荣是什么？不是天子的器重，不是名垂青史的功勋，而是他在长安的潇洒风流。贵胄同席畅饮，而我这个人“气岸遥凌豪士前”。气度要有多么孤傲清高，才能遥遥地超越在别人之前？“风流肯落他人后”，这是一个反问句，倘若比起倜傥风流，我李太白怎么能落在任何人之后呢？他这番风骨岸傲，这份卓尔不群，一切都在别人之先。凭什么呢？凭酒。他对辛判官说：遥想当年，“夫子红颜我少年，章台走马著金鞭。文章献纳麒麟殿，歌舞淹留玳瑁筵。”那是什么样的时光？你我正是少年红颜，春风得意，我们在章台走马，在麒麟殿妙手挥洒文章，沉醉在歌舞盛宴上。这样的日子，用我们今天的词来概括，叫作声色犬马，甚至可以叫作骄奢淫逸。而李白从来都不去标榜他有多清高，事实上他也的确不算清高。他就是要说，这就是他在长安真实的日子。酒是他生命的真意。

在长安，这份疏狂倜傥有人呼应，贺知章就是李白的知己，称呼李白为“谪仙人”。当年两人喝酒，酣畅淋漓，喝到没钱了，贺知章拿出身上的金龟换酒接着喝。在唐代，佩金龟是身份的象征，要官至三品以上方有资格以之为饰。贺知章去世后，李白想起他，写下《对酒忆贺监》。“四明有狂客，风流贺季真。长安一相见，呼我谪仙人。”当年这位“四明狂客”，与我蓦然相逢，惊呼我为天上贬下来的仙人。“昔好杯中物，翻为松下尘。金龟换酒处，却忆泪沾巾。”你过去喜欢喝酒，如今化为松下尘土。我又来到金龟换酒的地方，独自喝酒，想起当年和你喝酒的欢乐，不禁泪下沾巾。

跟不同的朋友，李白都有以酒为典的故事。李白在《自汉阳病酒归寄王明府》中说：“愿扫鹦鹉洲，与君醉百场。”这时，他的身体已经被酒所伤，好不容易好起来，看到长江中的鹦鹉洲，忽然想起了朋友，说他愿意扫净鹦鹉洲，与君大醉百场！“啸起白云飞七泽，歌吟渌水动三湘”，喝到畅快时，纵声长啸，啸声穿越白云，飞到长江边的七大湖泊上。楚地有七泽，我们常说的云梦泽就是其中之一。不仅长啸，而且高歌，歌声震撼了三湘的滔滔碧波。“莫惜连船沽美酒，千金一掷买春芳。”我们在鹦鹉洲上畅饮，卖酒的船一条一条地靠过来，不要心疼钱啊，千金一掷，我们买来最好的酒，喝到畅快。“春芳”是酒名，这是个饶有意趣的事情，唐代的酒名往往带着一个“春”字，一年之计在于春，人生难得春光好，想必喝酒的感受就是想留住少年春光，留住生命中最美丽、最浪漫的年华和感受。

再看看《江夏赠韦南陵冰》，李白跟这位朋友又说什么呢？这首诗写于公元759年他遇赦回来的路上，这个时候，李白已是暮年。首先他有烦闷：“人闷还心闷，苦辛长苦辛。”人闷当然是心闷，心外面关了一道门，不就是个“闷”吗？虽然“门”字是声符，但从会意上理解也很形象。他要怎么解开呢？“愁来饮酒二千石，寒灰重暖生阳春。”好在他遇到了韦冰。极度的忧烦中，他痛饮了二千石，就好像已经冷去的灰烬，渐渐重新回暖，寒冷至极的心情，被酒重新点燃。“山公醉后能骑马，别是风流贤主人。”这一句是恭维请他喝酒的韦冰。这位主人朋友酩酊大醉后骑着骏马，倒着头巾的样子就像晋朝的山简。都说魏晋风流，你醉酒骑马的样子才是真风流。“头陀云月多僧气，山水何曾称人意。”我遇赦回家，路过此地，你款待我，带我游庙逛寺，游山玩水，可是寺庙充满苦行僧人气，山水也不称我心如我意啊。“不然鸣笳按鼓戏沧流，呼取江南女儿歌棹讴。”还不如去乘船游长江吧，叫来乐手和歌女，有笳有鼓，有江南歌女，我们歌舞怡情！醉眼看风景，黄鹤楼，鹦鹉洲，醉眼惺忪的李白那一刻必定紧紧拉住他的朋友说：“我且为君捶碎黄鹤楼，君亦为吾倒却鹦鹉洲。”我就为你捶碎这座千古黄鹤楼，你为我颠倒这著名的鹦鹉洲，如此摧枯拉朽之势，才真是酣畅至极的豪情啊！

李白后来又写了一首诗，《醉后答丁十八以诗讥余捶碎黄鹤楼》：“黄鹤高楼已捶碎，黄鹤仙人无所依。黄鹤上天诉玉帝，却放黄鹤江南归。神明太守再雕饰，新图粉壁还芳菲。”说黄鹤楼被捶碎以后，骑黄鹤的仙人没地方待，黄鹤上天到玉帝那里告状，玉帝没有责怪我，又让太守新修了一座黄鹤楼，让黄鹤飞回来。李白的醉里天真，真可以纵横千古，颠倒乾坤。

后人评《江夏赠韦南陵冰》这首诗：“气吞云梦，笔扫虹霓。”李白的气概，除了仙气、酒气，还有三分剑气、侠气，所以他见到朋友，喝完几杯酒，可以“三杯吐然诺，五岳倒为轻”。人在几杯酒里，一旦心意相投，许下诺言，三山五岳比起这份诺言来讲，根本就不值一提。

◆ 诗歌详注 ◆

[唐]李白《侠客行》

赵客缦胡缨，吴钩霜雪明。[1]
银鞍照白马，飒沓[2]如流星。
十步杀一人，千里不留行[3]。
事了拂衣去，深藏身与名。
闲过信陵[4]饮，脱剑膝前横。
将炙啖朱亥，持觞劝侯嬴。[5]
三杯吐然诺，五岳倒为轻。
眼花耳热后，意气素霓[6]生。
救赵挥金槌，邯郸先震惊。[7]
千秋二壮士，烜赫大梁城[8]。
纵死侠骨香，不惭世上英。
谁能书阁下，白首太玄经。[9]

[1] 赵客：赵地的侠客。缦（màn）胡缨：武士所系的素色无纹的缨带。吴钩：宝刀。

[2] 飒沓：形容马跑得快。

[3] 千里不留行：行走千里无人能够阻挡。

[4] 信陵：信陵君，战国时期的魏国贵族，喜好招揽豪侠之士。

[5] 炙（zhì）：烤肉。啖（dàn）：咬着吃。“将炙啖朱亥”是说把烤肉拿给朱亥吃。觞（shāng）：一种盛酒的器物。朱亥和侯嬴都是战国时期魏国的奇人异士，帮助信陵君夺取了魏国的军权，为赵国解围。

[6] 素霓：白虹。

[7] 救赵挥金槌（chuí），邯郸先震惊：为了夺取魏国的军权，朱亥在袖子里藏了铁槌，砸死了魏国的领军大将。邯郸：赵国首都。当时秦国围攻赵国，赵国向魏国求援，魏国国君惧怕秦国，按兵不动，信陵君在侯嬴和朱亥的帮助下夺了魏国的军权，带兵救援赵国。

[8] 烜赫（xuānhè）：形容名声大，

声势盛。大梁城：魏国首都。

[9] 谁能书阁下，白首太玄经：汉代学者扬雄用一生功力写成《太玄》，李白这里是说希望有扬雄一样的人能够把侠客的事迹记载下来，流传千古。

◆ 知识点 ◆

李白从少年时就很仰慕侠客，自己也很有任侠之风，喜欢痛饮狂歌、快意恩仇的生活。这首《侠客行》写的是战国时期的侯嬴和朱亥的故事，这两人都是在卑贱的境遇中得到了信陵君的知遇之恩，于是不惜以性命相报答。李白仰慕这样的人，欣赏这样的行为，所以当安史之乱爆发，永王李璘宴请天下名士来帮助自己平乱的时候，稍有政治敏感度的人都知道这时候绝对不能站错了队，一定要想方设法不使自己和永王李璘扯上关系，只有李白见永王礼贤下士，便毫无芥蒂地追随永王去了，就像侯嬴和朱亥去追随信陵君一样。

这种侠气不仅飘逸在外，而且浸润入骨，李白宣称："纵死侠骨香，不惭世上英。"我们的肉身寂灭之后，人到底能够有什么样的精神传承？老子说，得其所在的人才能长久，虽死不亡的人才叫长寿，生年难以过百，但是你肉身老去，你做过的事情，你的操守，你的精神，还在这个世界上成为传说，那么这个人就是永远活着。李白说，他的身后只希望留下一段诗酒铸就的铮铮侠骨香。

◆ 延伸阅读 ◆

唐 · 李白《拟古十二首》（其十）

仙人骑彩凤，昨下阆风岑。
海水三清浅，桃源一见寻。
遗我绿玉杯，兼之紫琼琴。
杯以倾美酒，琴以闲素心。
二物非世有，何论珠与金？
琴弹松里风，杯劝天上月。
风月长相知，世人何倏忽？

唐 · 李白《流夜郎赠辛判官》

昔在长安醉花柳，五侯七贵同杯酒。
气岸遥凌豪士前，风流肯落他人后？
夫子红颜我少年，章台走马著金鞭。
文章献纳麒麟殿，歌舞淹留玳瑁筵。

与君自谓长如此，宁知草动风尘起！
函谷忽惊胡马来，秦宫桃李向明开。
我愁远谪夜郎去，何日金鸡放赦回？

唐 · 李白《对酒忆贺监二首》（其一）
四明有狂客，风流贺季真。
长安一相见，呼我谪仙人。
昔好杯中物，翻为松下尘。
金龟换酒处，却忆泪沾巾。

唐 · 李白《自汉阳病酒归寄王明府》
去岁左迁夜郎道，琉璃砚水长枯槁。
今年敕放巫山阳，蛟龙笔翰生辉光。
圣主还听《子虚赋》，相如却与论文章。
愿扫鹦鹉洲，与君醉百场。
啸起白云飞七泽，歌吟渌水动三湘。
莫惜连船沽美酒，千金一掷买春芳。

唐 · 李白《江夏赠韦南陵冰》
胡骄马惊沙尘起，胡雏饮马天津水。
君为张掖近酒泉，我窜三巴九千里。
天地再新法令宽，夜郎迁客带霜寒。
西忆故人不可见，东风吹梦到长安。
宁期此地忽相遇，惊喜茫如堕烟雾。
玉箫金管喧四筵，苦心不得申长句。
昨日绣衣倾绿樽，病如桃李竟何言。
昔骑天子大宛马，今乘款段诸侯门。
赖遇南平豁方寸，复兼夫子持清论。
有似山开万里云，四望青天解人闷。

人闷还心闷，苦辛长苦辛。
愁来饮酒二千石，寒灰重暖生阳春。
山公醉后能骑马，别是风流贤主人。
头陀云月多僧气，山水何曾称人意。
不然鸣笳按鼓戏沧流，呼取江南女儿歌棹讴。
我且为君捶碎黄鹤楼，君亦为吾倒却鹦鹉洲。
赤壁争雄如梦里，且须歌舞宽离忧。

唐 · 李白《醉后答丁十八以诗讥余捶碎黄鹤楼》
黄鹤高楼已捶碎，黄鹤仙人无所依。
黄鹤上天诉玉帝，却放黄鹤江南归。
神明太守再雕饰，新图粉壁还芳菲。
一州笑我为狂客，少年往往来相讥。
君平帘下谁家子，云是辽东丁令威。
作诗调我惊逸兴，白云绕笔窗前飞。
待取明朝酒醒罢，与君烂漫寻春晖。

◆ 诗歌详注 ◆

[北宋]苏轼《定风波》[1]

常羡人间琢玉郎[2]，天教分付点酥娘[3]。自作清歌传皓齿，风起，雪飞炎海变清凉。　　万里归来年愈少[4]，微笑，笑时犹带岭梅[5]香。试问岭南应不好？却道，此心安处是吾乡。

[1] 苏轼被政敌罗织罪名而被贬官，同时有不少人被当作苏轼的同党而一起遭到贬谪。其中苏轼的学生王巩被贬到岭南，而岭南在当时是著名的险恶之地。王巩家里有一名歌女，叫作柔奴，世代都住在京城，这一次也随着王巩远赴岭南。三年之后，王巩北还，苏轼对柔奴说：“岭南环境很恶劣吧？”柔奴答道：“此心安处，便是吾乡。”苏轼大为感慨，于是便为柔奴写了这首《定风波》。

[2] 琢玉郎：形容王巩是一个俊美而多情的人。

[3] 天教分付点酥娘：上天自当以柔奴来与王巩相配。点酥娘：聪明而有才艺的女子。

[4] 万里归来年愈少：形容柔奴从遥远而艰苦的岭南返回后，反而显得更加年轻了。

[5] 岭梅：岭南的梅花。

◆ 知识点 ◆

究竟哪里才是故乡？对于普通人来说，这个问题很简单，生在哪里，长在哪里，哪里就是故乡，并且一个人理所应当地要爱自己的故乡。对于古代知识分子来说，这个问题就不那么简单，生在哪里，长在哪里，这不是自己可以选择的，自己的价值观也许会和生长之地的主流价值观截然不同，那么自己理应捍卫的便不是一

且就洞庭赊月色，将船买酒白云边

在这个世界上，天涯思归，人人念故乡，人人要回去。李白却未必这样。他的《客中作》里写走到一个地方，喝到好酒：“兰陵美酒郁金香，玉碗盛来琥珀光。但使主人能醉客，不知何处是他乡。”这么好的酒，这么美的宴，让我酣然陶醉，让我可以不问什么地方是故乡，什么地方是他乡。李白是个快意恩仇的人，曾经为朋友散尽千金，所以自己走到哪里也容易交下好朋友。虽然他一生经历过太多挫折，却并不感到自己过分的困顿，因为他有一个酣畅的自我。苏东坡说得好：“此心安处是吾乡”。我们的今生，哪里才真正叫作故乡呢？其实未必是你生长的那个地方，而是一颗心可以安放的地方。对李白来讲，只要有酒，此心可以安放，可以陶醉，处处皆为故乡。

李白的诗酒纵横可以一瞬改变客观世界，而今当我们过分纠结于琐事的时候，李白豁然开朗的视野或许也令我们眼前一亮。李白暮年投奔他的族叔李阳冰，一起游览洞庭，酩酊大醉，写下“刬却君山好，平铺湘水流。巴陵无

限酒，醉杀洞庭秋”△。在岳阳楼上远望洞庭，一带青山，优美隐约，但李白看着碍眼，他说把君山给铲了，让湘水平铺在大地上任意流淌，如此浩荡的湖水，如果都变成酒，那我就会“醉杀洞庭秋”。为什么满山秋色都含着暖红？那应该就是山川醉酒之后的酡颜吧。好一个奇思异想！居然要把整个洞庭湖的水都变成美酒，用来陶醉天地，造一个酣畅清秋。

一个有酒的人，他的生命太辽阔，一个爱酒的人，他的诗情能够打破所有的边界与规矩。酒总是不够喝，身边的钱也总是不够花，有的时候没有金龟和五花马千金裘，怎么办？李白也有办法。还是游洞庭，跟他的族叔李晔、好友贾至一起，“南湖秋水夜无烟，耐可乘流直上天。且就洞庭赊月色，将船买酒白云边。”△△南湖平静下来，烟波不起，天青月朗，这样的美景，要是可以趁着浩渺的水波月河直上青天该有多好。如果上不了天的话，索

△ 唐·李白《陪侍郎叔游洞庭醉后三首》（其三）。

△△ 唐·李白《陪族叔刑部侍郎晔及中书贾舍人至游洞庭五首》（其二）。

般意义上的乡土之情，而是自己的精神家园。精神家园从来不是被动接受的结果，而是主动选择的结果。所谓“羁鸟恋旧林，池鱼思故渊”，乡土之情是所有动物的天性，而只有超越乡土之情，有了对精神家园的主动选择与追求，才是人超越其他动物的地方。一个人只要找到自己精神上的位置，就不再在意地理上的位置。

性就在这美丽的湖上游玩，赊一点月色来增加湖水的美丽，而月下游湖又怎能无酒，那就“将船买酒白云边”好了。这说的是人间事还是天上事？一个人真正酒酣兴浓的时候，人间天上就混为一体了。

李白浪漫时如大鹏飘举，安静时如闲庭落花。“对酒不觉暝，落花盈我衣。醉起步溪月，鸟还人亦稀。”△对着酒，我就忘记了时光，暝色渐起，落花满襟，醉中起身，一路摇晃着溪中的月色。静静的山川，寂寥的行人，飞鸟还家。这一点宁静的醉意，安顿了山野落花中的大自然。

李白也会跟朋友一起喝酒，“两人对酌山花开，一杯一杯复一杯。”花一朵一朵又一朵地盛开，酒一杯一杯复一杯地畅饮。这番闲酌的况味，清浅如同儿歌。“我醉欲眠卿且去，明朝有意抱琴来。”微醺的这一刻，李白想起了陶渊明。陶渊明有一把无弦琴，喝酒适意的时候，随手抚琴，酒醉时就告诉朋友：“我醉欲眠卿可去”。所以李白说，如果你意犹未尽，明天你抱琴再来，咱们继续喝酒，共赏山花，陶然忘机。这又是一个宁静的李太白。李白这个谪仙人，豁达时需要有酒，宁静时酒也在身边；酒中有他向外的张扬，酒中还有他心灵的内敛。无论是他的张，还是他的敛，都如同美酒，泛着流光。

李白自有一番人生不得不爱酒的大道理，千年之后的我们听了，也不得不喟叹。在月下独酌的时候，一个人望着月亮，琢磨着：“天若不爱酒，酒星不在天。”抬头望天，看见酒旗星。想到苍天应该是爱酒的，不然天上怎么有个酒星呢？“地若不爱酒，地应无酒泉。”大地应该也爱酒吧？不然甘肃应该就不会有酒泉这个地名啊。“天地既爱酒，爱酒不愧天。”天和地都爱酒，我爱酒也无愧于天地啊。“已闻清比圣，复道浊如贤。”魏晋时有过禁酒令，人们偷偷买卖酒，给酒起绰号，把过滤后的清酒叫圣人，管没过滤的浊酒叫贤人，喝酒时不说喝什么酒，而是说“咱是找圣人还是找贤人”。“贤圣既已饮，何必求神仙。”

△ 唐·李白《自遣》。

圣、贤都已和美酒比附在一起了，我何必再去求神拜仙？“三杯通大道，一斗合自然。”喝三杯，就可以领悟到天地大道，喝一斗，可以与自然合而为一！“但得酒中趣，勿为醒者传。”这样的酒中意趣，咱们喝酒的人自然就明白，那些滴酒不沾的人，就懒得跟他说。通常，我们清醒的人，喜欢去教育醉鬼，很少有醉酒的人敢于教育清醒的人。但李白敢，因为李白不是醉鬼，他是醉仙，他在酒中得道，在酒中彻悟，在酒中解脱。

说了这么多的道理，喝了这么多的美酒，李白的人生观，可以归纳在他的一句诗里：“且乐生前一杯酒，何须身后千载名？”抓得住今生的李白，就不会有辛弃疾那样的惆怅，“了却君王天下事，赢得生前身后名，可怜白发生！”李白还说：“人生飘忽百年内，且须酣畅万古情。”以百年有限身，酣畅万古不了情，这才是真正的李太白。

酒，是打开李白心灵的一把钥匙。如果没有陪他真正酣畅，我们就不能触摸到那种滚烫的诗情。李白的诗可以炙烤我们冷去的人性，李白的诗可以陶醉古今，关键是我们要懂得他，陪他酣畅今生。

另一个酣畅今生的样本是杜甫。“莫思身外无穷事，且尽生前有限杯。”别去思量无穷无尽的身外烦恼事了，在有限的人生，赶快把有限的酒喝完吧。人生有限，酒也有限。杜甫到了晚年，抱病独登台的时候，“艰难苦恨繁霜鬓，潦倒新停浊酒杯。”最后连酒都喝不成，被迫“停杯”，那是何等痛切！

“朝回日日典春衣，每日江头尽醉归。”这是杜甫写在春日曲江上的诗，时值暮春，杜甫在做左拾遗，郁郁不得志，他下朝回来直接进当铺把春衣典当，换酒喝。把当季的衣裳都典当了，这就太癫狂了，每天在曲江头大醉而归。“酒债寻常行处有，人生七十古来稀。”到处欠有酒债，那又怎么样呢？因为人生有限，“七十古来稀”。在有限的人生里，为什么不尽兴酣饮呢？写这首诗的时候，杜甫四十六七岁，终年也只有五十九岁。长安曲江池的春天，是著名的游览之地，大醉而归的杜甫，带着醉意看世界，看出一份天真，看出一份深情。“穿花蛱蝶深深见，点水蜻蜓款款飞。”蝴蝶飞进花丛，人的视线黏在它的翅膀上，不肯放开，它在花丛里钻来钻去，飞到花丛深处，人的眼睛也追到深处，捕捉住它的美丽，这就叫“穿花蛱蝶深深见”。水面上，“点水蜻蜓款款飞”。蝴蝶、蜻蜓，都不是重要的东西，但是人喝了酒就天真，像孩子一样去捕蝶去追蜻蜓，这是他难得的快乐。“传语风光共流转，暂时相赏莫相违。”他趁着酒意和蝴蝶、蜻蜓说话，让它们捎话给风，给光，给水，给花，给眼前的美景：就让我的深情跟着春光“流转”，停得久一点再久一点吧。时间正是春天，诗人正自酣畅，在春光中挥洒这一把生命的天真。

在盛唐，饮尽有限杯的杜甫和酣畅无限情的李白相得益彰，成了一对好朋友。天宝四年（公元745年），两人相伴漫游齐鲁大地，在秋天的时候分手，杜甫写了一首《赠李白》。“秋来相顾尚飘蓬，未就丹砂愧葛洪。”秋天到了，我们刚刚相聚，又要分手，像飘蓬一样天各一方。分别的时候，李白爽快，杜甫则是关切、叮咛：分手后你要干什么？李白说他想炼丹，想求仙，“未就丹砂愧葛洪”，以前愧对道家炼丹的祖师爷葛洪，分手之后要好好炼丹、求仙。杜甫听了，为李白一笔勾出了速写像：“痛饮狂歌空度日，飞扬跋扈为谁雄。”你天天痛饮狂歌，歌似虚度时日；你倜傥风流，举止飞扬，就算无人赏识你的雄迈，你也是这天地之间一个无主的真英雄！李贺说得好：“不须浪饮丁都护，世上英雄本无主。”这里的“丁都护”，既是用典故——六朝乐府里有“丁都护歌”，辞曲悲切，是有名的“哀歌”——又是实指李贺的丁姓朋友：世间真正的英雄其实都是无主英雄，由于他们风骨峥嵘，永远不与世俗同流合污，不受权势礼法约束，所以桀骜不驯，豪放飘逸，也就成就了不需要标签的真自我。

“痛饮狂歌空度日，飞扬跋扈为谁雄”，这个“飞扬跋扈”的人就是真李白。千古以来，唯有这句写到了李白的真精神和真魂魄。所以李杜相交，惺惺相惜。就在这一年，杜甫还有一首诗，记录两人漫游齐鲁的场景：“醉眠秋共被，携手日同行。”两个人喝醉了，就盖一床大被酣酣睡去，睡醒了，起来携手同行，赏天地美景。这首诗写在秋天，两人分手之前。李白写给杜甫的赠别诗说：“飞蓬各自远，且尽手中杯。”同游时天天喝酒，分手时依依惜别的话说的还是酒，李杜之交，很大的默契在于他们的诗酒精神，无须言传，只须畅饮。李杜这一杯酒，风流千古。

◆ 延伸阅读 ◆

唐 · 李白《山中与幽人对酌》

两人对酌山花开，一杯一杯复一杯。
我醉欲眠卿且去，明朝有意抱琴来。

唐 · 李白《月下独酌四首》（其二）

天若不爱酒，酒星不在天。
地若不爱酒，地应无酒泉。
天地既爱酒，爱酒不愧天。
已闻清比圣，复道浊如贤。
贤圣既已饮，何必求神仙。
三杯通大道，一斗合自然。
但得酒中趣，勿为醒者传。

唐 · 李白《行路难三首》（其三）

有耳莫洗颍川水，有口莫食首阳蕨。
含光混世贵无名，何用孤高比云月。
吾观自古贤达人，功成不退皆殒身。
子胥既弃吴江上，屈原终投湘水滨。
陆机雄才岂自保？李斯税驾苦不早。
华亭鹤唳讵可闻？上蔡苍鹰何足道！

君不见吴中张翰称达生，秋风忽忆江东行。
且乐生前一杯酒，何须身后千载名？

南宋 · 辛弃疾《破阵子》

醉里挑灯看剑，梦回吹角连营。八百里分麾下炙，五十弦翻塞外声，沙场秋点兵。　　马作的卢飞快，弓如霹雳弦惊。了却君王天下事，赢得生前身后名，可怜白发生！

唐 · 李白《答王十二寒夜独酌有怀》（节选）

昨夜吴中雪，子猷佳兴发。
万里浮云卷碧山，青天中道流孤月。
孤月沧浪河汉清，北斗错落长庚明。
怀余对酒夜霜白，玉床金井冰峥嵘。
人生飘忽百年内，且须酣畅万古情。

唐 · 杜甫《绝句漫兴九首》（其四）

二月已破三月来，渐老逢春能几回。
莫思身外无穷事，且尽生前有限杯。

唐 · 杜甫《曲江二首》（其二）

朝回日日典春衣，每日江头尽醉归。
酒债寻常行处有，人生七十古来稀。
穿花蛱蝶深深见，点水蜻蜓款款飞。
传语风光共流转，暂时相赏莫相违。

唐 · 杜甫《赠李白》

秋来相顾尚飘蓬，未就丹砂愧葛洪。

痛饮狂歌空度日，飞扬跋扈为谁雄。

唐 · 李贺《浩歌》

南风吹山作平地，帝遣天吴移海水。
王母桃花千遍红，彭祖巫咸几回死。
青毛骢马参差钱，娇春杨柳含细烟。
筝人劝我金屈卮，神血未凝身问谁。
不须浪饮丁都护，世上英雄本无主。
买丝绣作平原君，有酒惟浇赵州土。
漏催水咽玉蟾蜍，卫娘发薄不胜梳。
看见秋眉换新绿，二十男儿那刺促。

唐 · 杜甫《与李十二白同寻范十隐居》

李侯有佳句，往往似阴铿。
余亦东蒙客，怜君如弟兄。
醉眠秋共被，携手日同行。
更想幽期处，还寻北郭生。
入门高兴发，侍立小童清。
落景闻寒杵，屯云对古城。
向来吟橘颂，谁与讨莼羹。
不愿论簪笏，悠悠沧海情。

且将新火试新茶，诗酒趁年华

走过辉煌盛唐，我们再来看三位宋人。首先是北宋的柳永，自称“奉旨填词柳三变”。他填词填得太好，行为又放肆无忌，有名句“忍把浮名，换了浅酌低唱”，他考功名，皇上讥笑他：且去填词，还要功名何干？他索性就说自己是“奉旨填词”，是“白衣卿相”。柳永一生不得志，留在世上的只有他的词，只有他的真情，只有他的无数酣畅传说。

柳永的《蝶恋花》，写一个人独立楼头，“伫倚危楼风细细，望极春愁，黯黯生天际。”站在高耸的楼头，细细的春风，吹开远方茫茫芳草，带着黯黯的春愁，从天边飘过来。“草色烟光残照里，无言谁会凭栏意。”这如茵的草色，笼罩在残照里，泛着迷离烟光，默默无语。谁会知道我倚着栏干到底有什么心事呢？他的心中，远远地牵挂着一个人，放不下，也解不开……“拟把疏狂图一醉，对酒当歌，强乐还无味。”就把这样一番沉沉的相思之心，酣然而醉吧，那种欢乐是真欢乐吗？强说是欢乐，实际上却没有一点欢乐的滋味。那么，就豁出去吧，“衣带渐宽终不悔，为伊消得人憔悴。”酒不能让我忘却你，醉不能让我远离你，那就让自己日渐憔悴下去吧，衣带渐宽，终将不悔，一切为了伊人。这种深情，浓烈，痛快！

我们再来看这首词的意象，危楼、春草、残照，这些我们以前都讲过的意象，被柳永一一拈来，勇敢地叠加在一起。中国诗词之美，美在可以找到这么多意象，勾起我们的浮想联翩，让我们触摸诗人心中的深情，感受他藏在心底的热烈和勇敢。不理解深情，不感受勇敢，怎么能够体会到“衣带渐宽终不悔”的抑扬顿挫、斩钉截铁？

也有很多人衣带渐宽了，被生活折磨得憔悴了，心中有悔也有怨。关键不在

◆ 诗歌详注 ◆

[北宋]苏轼《江城子·密州出猎》

老夫聊[1]发少年狂，左牵黄，右擎苍。[2]锦帽貂裘，千骑卷平冈[3]。为报倾城随太守，亲射虎，看孙郎。[4]　酒酣胸胆尚开张，鬓微霜，又何妨。持节云中，何日遣冯唐？[5]会挽雕弓如满月，西北望，射天狼。[6]

[1] 老夫：苏轼自称。聊：姑且。

[2] 黄：黄犬。苍：苍鹰。

[3] 平冈：山坡平坦的地方。

[4] 为报倾城随太守，亲射虎，看孙郎：这是倒装句，顺过来读就是"为报倾城随太守，看孙郎，亲射虎"。苏轼以曾经猎过猛虎的孙权自比，说是为了报答全城人随他一起打猎的盛情，他亲自弯弓射虎。

[5] 持节云中，何日遣冯唐：汉朝魏尚担任云中太守，因为小过失受到处分，冯唐为他鸣冤，皇帝听从了冯唐的意见，派冯唐带着符节去云中赦免魏尚。苏轼此时和魏尚境遇相似，也希望朝廷能派遣使臣来密州，让自己能有再展身手的机会。

[6] 会挽雕弓如满月，西北望，射天狼：这一句并不是说苏轼向着西北天空的天狼星弯弓欲射，天狼星并不在西北天空，这是以天象为喻，天上的弧矢星座像弯弓搭箭一样射向天狼星，天狼正在弧矢的西北方，诗人的形象与弧矢星的形象在这里重叠起来。在中国古代的星象理论里，天狼属于夷狄，或称南夷，也就是常与中原发生征战的少数民族。夷狄衰弱，中原才能稳固，所以星象家们认为天狼东南方的弧矢起着压制天狼的作用，弧矢星座的样子就像一张搭着箭的弯弓，箭镞恰恰指着西北方的天狼。李白有一首诗说"名将古谁是，疲兵良可叹。何时天狼

于人在什么样的际遇中，而在于人能不能安于此刻。柳永对于此刻是认账的，他的心安顿，无悔，无怨。这个世界上，求仁得仁，每个人想要得到什么，一旦得到了，对他来讲，就是最好的生命奖赏。如果相思不可望，伊人不可得，那么"疏狂一醉"，就算憔悴下去，这也是他无愧于心的一种认可。

苏轼也是爱酒的人，稍饮就醉，醉得有味道，也有情趣。《江城子·密州出猎》是苏轼外任密州时写的。起笔就是"老夫聊发少年狂"，这位老夫当年不过三十九岁而已。我们今天管四十岁以下的人还叫青年，东坡已经自称"老夫"，为什么？坎坷世事，身历沧桑，心有暮气。但是东坡一旦喝了酒，豪情就出来了，"左牵黄，右擎苍。锦帽貂裘，千骑卷平冈。"左牵黄狗，右擎苍鹰，头戴锦帽，身披貂裘，千骑随从，浩浩荡荡席卷平冈。干什么去呢？"为报倾城随太守，亲射虎，看孙郎。"满城出动，跟着太守打猎。大家随我打猎，期待也有机会像当年孙权那样，亲手射杀猛虎。虽然是被贬官外放，寂寞英雄不得驰骋征杀，他依旧胸怀壮志。"酒酣胸胆尚开张，鬓微霜，又何妨。"酒兴越来越浓，胸襟越来越宽，胸胆开张才可以蔑视年华，添了几根白发又怎么样呢？纵马打猎，让他感觉到自己还

有充沛的精力，还有机会实现理想和抱负。“持节云中，何日遣冯唐？”汉代的冯唐，曾经持节去赦免云中太守魏尚，朝廷重新起用我的信使，什么时候才会来呢？“会挽雕弓如满月，西北望，射天狼。”等到那一天，我可以把雕弓拉得像满月一样，如同天上的弧矢星以弯弓搭箭的姿态射向西北方向的天狼星。天狼星主侵略掠夺，是夷狄气运的征兆。北宋积弱，辽与西夏时时侵扰，苏轼发豪情要建立边功，消弭边关的战争。这是何等的气概，何等的豪情。词从五代以下，多是缠绵悱恻，很少有如此豪言壮语，但是苏东坡写出来了。

有激越就有安宁，东坡在酒里也可以喝得安定。年逾不惑，他再次被贬官，来到黄州，当年在密州的不甘之气平息了很多。“夜饮东坡醒复醉”，这话说得有意思。我们都是醉复醒，先醉了然后醒过来。他不然，醒过来以后接着喝，喝到再次沉醉。心事要沉沦多少次，才会终于安宁？人要经历多少清醒的痛楚，才终究甘于陶醉？这个长夜连饮，他是醒复醉，带着醉意回家，“归来仿佛三更”。“仿佛”二字用得好，喝多的人不知道时间，反正已是夜很深。敲门，家童贪睡，他在门口都能听见家童打呼噜，“家童鼻息已雷鸣。敲门都不应，倚杖听江声。”到了家门，进不去，就在

灭，父子得闲安”，天狼星的光亮越暗，象征着夷狄的气势越低，天狼星假如能熄灭的话，就说明夷狄灭绝了，再也不能对中原形成威胁了。

◆ 知识点 ◆

以今天的眼光来看，这首词似乎很怪，一方面苏轼想要为国立功，平定边患；另一方面却带着全城的人出去打猎，心思完全放在游乐上边，哪有一点认真执政、整军经武的意思呢？事实上，这种大规模的打猎对于古人来说，往往不是游乐，而是一种军事训练。儒家追求礼制，而打猎练兵被儒家认为是“礼之大者”。只不过当军队从民兵转变为职业军人之后，打猎练兵的传统也就淡了。宋朝养活了大量的职业军人，主要目的不是为了打仗，而是为了安置社会闲散人员，不让这些人在社会上惹是生非。宋朝皇帝每每为了维护政权稳定而甘愿牺牲公平和效率，如苏轼这种整军经武、一心为国家解除外患的志愿注定不可能实现。

这儿拄着拐杖听听江水声吧。这一刻，内心渐渐醒来，隐隐醉意中感觉到了生命的遗憾，“长恨此身非我有，何时忘却营营？”我的生命不是被我自己支配的，在这些营营碌碌的世间琐事中，渐渐就蹉跎了此生。值此一刻，“夜阑风静縠纹△平”，静谧的夜，没有风，水面上细微的水纹平缓地漾开。在一片静寂中，他说出自己的梦想，“小舟从此逝，江海寄余生。”驾一叶扁舟，随波而逝，潇洒到放下一切，把余生托付给江海。这就是心的安宁。

不同的人喝不同的酒，可以喝出不同的况味。南宋辛弃疾的酒就喝得很有趣。他因为报国无门，豪情柔肠千回百转，都寄托在酒中。《西江月·遣兴》，就是首醉后小词。“醉里且贪欢笑，要愁那得工夫。”在酒里，人就要喝高兴，哪有发愁的工夫啊？其实，这是他强给自己宽心。人心心念念的，往往是自己真正缺少的东西。“近来始觉古人书，信着全无是处。”最近才感觉到古人的书里头，简直一无是处，没什么道理。这话说得愤懑，读书是为了经世报国，但自己蹉跎一生，壮志不得舒展，读书连个遣兴解烦都做不到。“昨夜松边醉倒，问松‘我醉何如’。”醉出酣态了，在松树边酩酊大醉，跟松树聊天，你觉得我醉得如何啊？“只疑松动要来扶，以手推松曰：‘去！’”觉得松树晃晃悠悠要来扶他，他一手推开松树，说：一边去，不要管我。这一句惟妙惟肖，我们今天读到的是一点趣味，但是在辛弃疾，趣味深处酝酿了多少辛酸。

人欢乐时找酒，痛楚时找酒。从古至今，有酒的岁月一路行来。对着酒，读着诗，寻常日子里，我喜欢的境界，还是白居易的《问刘十九》。之所以喜欢，是因为这杯酒喝得清浅宁静。酒若是用来消愁，伤心伤身，愁会转得更深；酒若是用来狂喜，就会有很多放诞。在今天这个世道，酒更多是用来求人，无论是谋官还是谈生意，都少不了一杯酒。《问刘十九》这首诗，无功无利无喜无愁。“绿蚁新醅酒，红泥小火炉。晚来天欲雪，能饮一杯无？”老朋友，我这里有

△ 縠（hú）纹：水中细小的波纹。

新酿的酒——酒很新鲜，还没有过滤，漂浮着绿色小泡沫，还有温暖的红泥小火炉，傍晚天气像是要下雪了，能跟我喝一杯吗？这就是喝酒的好境界。我真的希望我们今天喝一点不带那么多功利的酒，喝一点不带那么深情绪的酒。苏东坡说得好："休对故人思故国，且将新火试新茶。诗酒趁年华。"我们也不妨用清浅的酒意酝酿新鲜的诗情，舒展开此一刻的眉宇，给自己多一些诗酒流连的好年华。

隔着朦胧酒意去看，中国诗词中的一切意象，最后都融贯古今，走进我们的生命里。且乐生前这一杯酒，跟着这些酣畅的酒意，把我们的生命酝酿成万古诗情。当生命真的成为一首诗，我们也就是富有诗意的中国人。

◆ 延伸阅读 ◆

北宋·柳永《蝶恋花》

伫倚危楼风细细，望极春愁，黯黯生天际。草色烟光残照里，无言谁会凭栏意。　　拟把疏狂图一醉，对酒当歌，强乐还无味。衣带渐宽终不悔，为伊消得人憔悴。

南宋·辛弃疾《西江月·遣兴》

醉里且贪欢笑，要愁那得工夫。近来始觉古人书，信着全无是处。　　昨夜松边醉倒，问松"我醉何如"。只疑松动要来扶，以手推松曰："去！"

北宋·苏轼《望江南·超然台作》

春未老，风细柳斜斜。试上超然台上看，半壕春水一城花。烟雨暗千家。　　寒食后，酒醒却咨嗟。休对故人思故国，且将新火试新茶。诗酒趁年华。